I0611041

UN PROTECTEUR POUR JULIE

UN PROTECTEUR POUR JULIE (FORCES TRÈS SPÉCIALES #8)

SUSAN STOKER

Ceci est une œuvre de fiction. Les noms, les personnages, les lieux et les événements sont le produit de l'imagination de l'auteur et sont utilisés à des fins narratives. Toute ressemblance avec des événements réels, des lieux ou des personnes vivantes ou ayant existé relèverait de la pure coïncidence.
Copyright © 2018 par Susan Stoker
Traduit de l'anglais (U.S.) par Angélique Olivia Moreau pour Valentin Translation
Titre original : *Protecting Julie (SEAL of Protection, Book 8)*
Aucun extrait de cette publication ne saurait être utilisé, reproduit ou transmis sans le consentement écrit de l'éditeur, sauf dans le cas de brèves citations illustrant des critiques, comme la loi l'autorise.
Ce livre est disponible seulement pour votre usage personnel. Il ne pourra pas être revendu ou offert à d'autres personnes. Si vous voulez partager ce livre avec une autre personne, veuillez acheter un exemplaire supplémentaire pour chaque destinataire. Si vous lisez ce livre et ne l'avez ni acheté, ni emprunté, ou s'il n'a pas été acheté pour votre utilisation personnelle, veuillez vous procurer votre propre exemplaire.
Merci de respecter le travail de l'auteur.
Couverture par Chris Mackey, AURA Design Group
Fabriqué aux États-Unis

Un héros pour Rayne

Un héros pour Emily

Un héros pour Harley

Un mari pour Emily

Un héros pour Kassie

Un héros pour Bryn

Un héros pour Casey

Un héros pour Wendy

Un héros pour Mary

Un héros pour Macie

Un héros pour Sadie

<u>Mercenaires Rebelles</u>

Un Défenseur pour Allye

Un Défenseur pour Chloé

Un Défenseur pour Morgan

Un Défenseur pour Harlow

Un Défenseur pour Everly

Un Défenseur pour Zara

Un Défenseur pour Raven

<u>Ace Sécurité</u>

Au Secours de Grace

Au Secours d'Alexis

Au Secours de Bailey

Au Secours de Felicity

Au Secours de Sarah

CHAPITRE UN

Julie s'assit brusquement et poussa un petit cri de terreur, se jetant à bas de son lit deux places et atterrissant à quatre pattes avec un bruit sourd. Elle rampa immédiatement jusqu'au mur le plus proche et s'y colla en position fœtale. Puis elle enroula ses bras autour de ses genoux pour les serrer contre elle avant de plaquer la tête dessus et d'éclater en sanglots.

Cela faisait presque un mois qu'elle n'avait plus rêvé qu'elle était toujours au Mexique. Elle avait espéré que les cauchemars aient pris fin pour de bon, mais il était évident que déménager en Californie, de l'autre côté du pays, n'était pas la panacée qui allait y mettre un terme. Elle aimait son papa de tout son cœur et elle savait que tout ce qu'il avait fait était par inquiétude et amour pour *elle*, mais elle s'était dit qu'elle rêvait peut-être encore de l'enfer qu'elle avait traversé parce qu'elle habitait dans l'endroit où elle avait grandi et dans la ville où elle avait été enlevée. Elle avait vingt-huit ans, et il était largement temps de quitter la maison de son père pour vivre seule.

Mais en cet instant, submergée par les souvenirs de son expérience, elle aurait aimé être de retour dans la maison de son père, où elle s'était toujours sentie en sécurité, malgré les cauchemars tenaces. Julie avait conscience que cela n'avait aucun sens... Elle était venue en Californie pour leur échapper. Malgré tout, quand elle était chez elle, elle savait qu'elle pouvait réveiller son papa et qu'il lui aurait parlé et l'aurait réconfortée jusqu'à ce qu'elle se sente mieux.

Elle était à présent une personne complètement différente de la jeune femme naïve qui avait été enlevée et quasiment vendue à un réseau de prostitution au sud de la frontière voilà environ un an et demi. Elle n'aimait pas se souvenir de son comportement quand les forces spéciales l'avaient trouvée et secourue.

En vérité, elle avait été terrifiée et elle avait tellement eu les chocottes qu'elle s'était vengée verbalement sur la femme qui avait été détenue dans le même enfer, et qui avait géré tout ce qui leur était arrivé mille fois mieux qu'elle-même l'avait fait.

Elle se força à inspirer lentement, se souvenant de ce que son thérapeute lui avait dit. Quand elle se laissait dépasser et qu'elle sentait monter les attaques de panique, elle devait se concentrer sur sa respiration. Inspirer. Expirer. Inspirer. Expirer. Lentement, mais sûrement, elle sentit son rythme cardiaque se ralentir et l'adrénaline qui coursait dans ses veines diminuer.

Elle se redressa et s'appuya sur le matelas alors qu'elle contournait le lit pour rejoindre la petite salle de bains rattachée à la chambre tout aussi exiguë. Elle éclaboussa son visage d'eau et posa les deux mains sur le comptoir. Elle se regarda dans le miroir, quelques gouttes lui dégoulinant sur le menton.

Ce qu'elle vit la fit grimacer. Des lignes barraient son front. Ses yeux étaient légèrement injectés de sang et ses cheveux bruns et courts tombaient mollement sur son visage. Elle avait les joues creusées et même si elle avait repris le poids qu'elle avait perdu durant la période qu'elle avait passée aux mains de ses ravisseurs, elle faisait des cauchemars et ne mangeait pas beaucoup. Ainsi, en dépit des nombreux mois qui s'étaient écoulés depuis son sauvetage, elle était toujours trop frêle.

Elle était naturellement petite, faisant moins d'un mètre soixante, mais à présent qu'elle pesait à peine cinquante kilos, elle semblait encore plus fragile.

— Reprends-toi, Julie, se dit-elle d'une voix ferme en fusillant son reflet du regard.

Elle soupira et s'empara de la serviette de toilette suspendue à une barre près de sa baignoire/douche utilitaire. Elle s'essuya le visage, retourna dans la chambre, réarrangea la couverture et grimpa à nouveau dans son lit.

Elle songea à son plan pour le lendemain, certaine qu'il était la cause de ce cauchemar. Il était temps. Elle avait repoussé la chose pendant bien trop longtemps, mais il était enfin temps.

Après son retour du Mexique et quelques séances auprès d'un thérapeute avec lequel son père avait pris rendez-vous, elle avait compris qu'elle devait retrouver l'équipe des forces spéciales qui l'avait secourue afin de les remercier. Mais elle avait beau implorer son père, il affirmait ne posséder aucun moyen de trouver ces soldats d'élite et lui avait suggéré de passer à autre chose.

Ironiquement, c'était une de ses connaissances

qui lui avait fourni les informations dont elle avait eu besoin afin de *pouvoir* continuer à vivre.

Stacey Kellogg était la fille d'un sénateur qui travaillait avec le père de Julie. Cette dernière avait rencontré Stacey durant les nombreuses soirées politiques auxquelles elles avaient assisté avec leurs familles. Elles étaient membres du même *country-club* en Virginie et elles avaient même joué au tennis ensemble plusieurs fois par le passé.

Julie avait été horrifiée quand elle avait appris que Stacey avait été enlevée par un ex-petit ami. Celui-ci avait apparemment décidé que si elle n'était pas avec lui, il ne voulait pas qu'elle soit avec qui que ce soit. Il était resté en cavale avec elle pendant une semaine et demie. Julie ne connaissait pas tous les détails de l'histoire, mais d'après ce qu'elle avait entendu dire, cela avait été une expérience éprouvante pour la jeune femme.

Le fait qu'elles aient toutes les deux été détenues contre leur gré était ce qui avait donné à Julie le courage de parler à Stacey. Même si leurs situations différaient quelque peu, elle s'était dit qu'elle et l'autre femme partageaient quelque chose d'unique.

Elle était allée trouver Stacey au club quelques mois auparavant, avant de déménager en Californie. Stacey était en train de déjeuner, et Julie était allée la rejoindre et elles avaient échangé des salutations superficielles. Puis Julie lui avait demandé si elle était d'accord pour parler un peu en privé.

Elles s'étaient rabattues vers quelques fauteuils dans un coin de l'immense salon et elles avaient discuté pendant une heure. Julie savait que Stacey sortait avec un membre des forces spéciales qui avait été impliqué dans son sauvetage, et elle espérait qu'elle soit capable de l'aider à retrouver les soldats qui l'avaient secourue, elle. Stacey n'avait pas été en mesure de lui promettre quoi que ce soit, mais elle avait dit qu'elle poserait la question à son petit ami, Diesel Bonds. Elles avaient échangé leur numéro de téléphone et comme Julie n'avait toujours pas eu de ses nouvelles au bout d'une semaine, elle s'était dit que Stacey l'avait oubliée.

Alors quand celle-ci lui avait envoyé un texto pour lui demander de la revoir, Julie avait été choquée, mais heureuse. Elles s'étaient retrouvées dans un resto et Julie avait été surprise de constater qu'elle était accompagnée par un homme superbe.

Après qu'ils se furent tous assis à une petite table, Stacey lui avait dit d'un ton guilleret :

— Salut, Julie ! C'est bon de te revoir.

— Bonjour, Stacey. Toi aussi.

— Voici Diesel. On a parlé de lui la semaine dernière.

Julie hocha la tête et tendit la main.

— Ravie de vous rencontrer. Merci pour votre service. Je sais que ces mots semblent un peu clichés, mais je les pense du fond du cœur.

— Je vous en prie.

Diesel lui serra la main puis reposa le bras sur le dossier de la chaise de Stacey. C'était une posture protectrice, et Julie ne put s'empêcher de l'envier d'avoir un homme qui ne vivait que pour la protéger de tout et de tous ceux qui auraient voulu lui faire du mal.

Stacey n'avait pas tourné autour du pot.

— Tu as dit que tu souhaitais savoir qui t'avait secourue.

Julie avait acquiescé et pincé nerveusement les lèvres.

— Pourquoi ? lui avait demandé Diesel.

— Parce que je me suis comportée comme une connasse, avait dit franchement Julie. J'étais au milieu de la jungle mexicaine. J'avais été violée, j'avais mal, j'avais faim et j'étais morte de frousse. Ce soldat est entré dans la cabane où on m'avait fourrée. Il m'a prise par surprise et je me suis comportée comme s'il essayait de me draguer dans un bar.

Elle avait secoué la tête d'un air dégoûté, se remémorant ses actes ce jour-là dans la jungle.

— Il y avait une autre femme qui était là depuis bien plus longtemps que moi, et ça m'a fait flipper de la voir. Je savais que ça aurait pu être moi. Quand j'ai enfin réalisé depuis combien de temps elle était là, j'ai compris que j'étais vraiment dans la mouise. Alors je me suis lâchée. J'ai été impolie et méchante. Tout ce que je voulais, c'était sortir de cette jungle et quitter le pays. Je voulais rentrer. J'ai honte d'admettre que même souffrante et sous l'emprise de la drogue, l'autre femme s'est tellement mieux comportée que moi qu'il n'y avait aucune comparaison possible. Même les soldats l'ont pensé. Et alors j'avais songé qu'il déciderait peut-être que je représentais trop de problèmes et qu'il allait m'abandonner au milieu de la jungle. C'était vraiment bête. Bien sûr, il n'allait pas me laisser là-bas ! Mais ça m'a fait me comporter de façon encore plus détestable.

Julie avait baissé les yeux, embarrassée. Puis sa voix ne fut plus qu'un murmure :

— J'ai honte de dire que je ne les ai même pas remerciés. Son équipe est arrivée en hélicoptère. Le soldat a été blessé quand on nous a remontés dans l'hélico, et je n'ai même pas pris la peine de demander s'il allait bien ou de dire merci. À aucun d'entre eux.

— Qu'est-ce qui vous fait penser qu'ils ont envie de recevoir vos remerciements ? lui avait demandé Diesel, sans la moindre rancœur.

Julie avait dévisagé l'homme sévère qui lui faisait face. Évitant le regard de Stacey, elle s'était forcée à garder le contact visuel avec Diesel.

— Je suis certaine qu'ils n'en ont pas envie. Je sais qu'ils ont été contents de ne plus me voir. J'ai honte de penser à ce qu'ils se sont dit après mon départ. Je sais que c'est égoïste, mais j'ai besoin de le faire. Je...

Julie avait laissé sa phrase en suspens, ne sachant pas quoi dire pour le faire comprendre à ce super soldat d'élite assis devant elle.

— Je ne sais pas quelle équipe vous a récupérée, dit-il. Ce n'était pas l'équipe Six, j'en suis certain. On ne parle pas de nos missions ; même au sein de notre fraternité, tout est top secret. Mais je connais quelqu'un qui s'appelle Tex. Il habite ici en Virginie. C'est un ancien soldat d'élite, mais il a été mis en retraite pour raisons médicales quand il a perdu une partie de sa jambe lors d'une mission. Je l'appellerai pour voir s'il sait qui faisait partie de l'équipe qui vous a secourue. J'ai l'impression qu'il connaît tout sur tout le monde. Mais, Julie, je ne peux pas vous garantir qu'il soit en mesure de me communiquer l'information.

Julie s'était redressée sur son siège.

— Je sais, mais j'apprécierais vraiment si vous le lui demandiez. Sérieusement. Je sais que je suis égoïste. Aucune personne sensée ne souhaiterait me revoir après la façon dont je me suis comportée, mais je jure que je suis différente maintenant, avait-elle dit avec franchise.

— Vous n'avez pas à me convaincre de quoi que ce soit, Julie, lui avait gentiment répondu Diesel. Les gens peuvent être imprévisibles durant les opérations de sauvetage d'otages. Ce n'est probablement pas aussi terrible que dans vos souvenirs.

— Je ne pense pas, avait-elle répondu franchement. J'ai été vraiment horrible.

— Bon, j'ai entendu dire que tu allais déménager ? avait alors demandé Stacey pour essayer de ne pas s'attarder sur ce sujet embarrassant.

— Oui. Je ne peux plus rester ici. J'aime mon père, mais il est temps pour moi de vivre ma vie. Je ne supporte pas la politique et mon père l'adore, bien entendu. Je sens que j'étouffe à vivre dans sa maison. J'ai besoin de sortir, de faire quelque chose d'utile de ma vie. Gérer son foyer et organiser des dîners politiques ne me contente plus. J'ai besoin de… me rendre utile.

— Te rendre utile ?

Julie avait essayé de s'expliquer :

— Oui. J'ai l'impression qu'on m'a donné une nouvelle chance dans la vie. Ces hommes m'ont trouvée et m'ont donné l'occasion d'être une meilleure personne. J'ai raté le coche avec eux, mais je suis prête à prouver que je ne suis plus la chieuse égoïste que j'étais là-bas, et que je suis quasiment certaine d'avoir été avant mon enlèvement.

— Je suis sûr que vous n'étiez pas tant une chieuse que ça, avait protesté Diesel.

— Merci, mais c'est pourtant vrai, avait répondu Julie d'un ton mélancolique. J'aimerais pouvoir déménager à l'autre bout du pays et me débrouiller financièrement sans l'aide de personne, mais je sais que j'en suis incapable. Alors mon père m'aide. Mais mon idée est de m'implanter en Californie où je pourrais fonder mon propre organisme à but non lucratif.

— Vraiment ? N'est-ce pas plus difficile que ce que ça en a l'air ? N'as-tu pas besoin d'avoir un diplôme de commerce ou un truc dans le genre ?

Julie avait hoché la tête.

— Oui, probablement. Mais comme je l'ai dit, mon père m'aide. Il a des amis qui m'aideront à remplir la paperasse, à faire la promo et à gérer la compagnie au quotidien. Il va les rémunérer jusqu'à ce que l'entreprise fonctionne et puisse couvrir les salaires.

— Qu'est-ce que tu vas faire ?

— J'ai eu l'idée en regardant une de ces émissions de débat un jour. Je suis douée pour la mode, alors je veux voir si je peux gérer une sorte de boutique de fripes, mais avec des vêtements de marque. Je pense qu'il y a beaucoup de femmes riches en Californie et qu'elles ont probablement des robes et des habits qu'elles ne portent plus. J'aimerais les convaincre de les offrir à mon magasin d'occasions. Je pourrais en vendre le plus possible, mais aussi offrir des tenues à des gens qui ont besoin d'avoir des vêtements un peu cossus pour des entretiens d'embauche. Une fois les frais payés, je pourrais donner l'argent que j'aurais collecté à divers programmes qui viennent en aide à des femmes démunies.

Ses compagnons étaient restés silencieux pendant un instant et Julie s'était empressée d'ajouter :

— Je sais, c'est un peu bête, mais je n'ai pas trouvé d'autre...

— Ce n'est pas bête, avait rapidement contré Stacey. Je trouve que c'est génial. C'est une très bonne idée.

— Cela dit, ce n'est pas comme si je le faisais toute seule. J'ai besoin de l'argent de mon père pour lancer le projet et des gens qu'il connaît pour me venir en aide, mais j'espère qu'une fois que j'en saurai assez, je serai capable de contribuer de plus en plus et au final, de pouvoir couvrir cent pour cent des dépenses quotidiennes.

— Je trouve que c'est une idée formidable, avait répondu Stacey d'un air résolu.

— Merci.

Julie avait regardé la serveuse avec soulagement quand celle-ci s'était approchée de la table. La conversation était devenue plutôt embarrassante pour elle.

Ils avaient commandé des sandwiches et plus parlé de soldats d'élite, de sauvetages ou d'organismes de charité durant tout le déjeuner. En partant, Diesel avait serré la main de Julie et l'avait conservée quand elle avait essayé de se libérer.

— Je n'étais pas présent lors de votre sauvetage, mais je tiens à vous dire que si vous rencontrez à nouveau les soldats qui vous ont secourue, faites-leur voir la femme avec qui on a déjeuné aujourd'hui. Ils vous pardonneront.

— Vous le pensez vraiment ? avait demandé Julie d'une voix basse et inquiète.

— Oui.

— Je vous remercie, Diesel.

— Je vous en prie. N'oubliez pas de garder contact avec Stacey pour lui dire comment se passent les choses pour vous en Californie.

Julie avait regardé Stacey en disant :

— Ça me ferait plaisir.

— Moi aussi, en avait convenu l'autre femme. Bonne chance pour tout.

— Merci.

Julie avait regardé Stacey et Diesel traverser le parking pour aller rejoindre une voiture de sport. Elle avait vu Diesel ouvrir la portière passager et attendre que Stacey s'installe. Puis elle avait poussé un soupir. Dans son ancienne vie, elle aurait sûrement été jalouse et rancunière, et aurait essayé de flirter avec Diesel pour le chiper à Stacey. Mais plus maintenant. Ils formaient un beau couple, et même si Julie jalousait peut-être un peu leur relation visiblement intime, elle était également contente pour Stacey.

C'était génial de voir que son amie paraissait avoir tourné la page après son enlèvement. Julie avait souri et leur avait dit au revoir de la main alors que Diesel quittait le parking.

Une semaine plus tard, Julie avait entassé toutes ses affaires dans son petit break et avait traversé le pays. Elle n'avait toujours pas eu vent de Diesel ou du fameux Tex, mais elle n'avait pas envie d'attendre qu'il la contacte. Il était temps pour elle d'entamer sa nouvelle vie en Californie.

Cela faisait un mois et demi qu'elle s'était installée à Riverton quand elle avait enfin eu des nouvelles de l'homme que Diesel surnommait Tex. Son téléphone avait sonné et même si le numéro lui était inconnu, Julie avait répondu tout de suite.

— Allo ?

— C'est bien Julie Lytle ?

— Oui, qui est au bout du fil ?

— Je m'appelle Tex. Diesel Bonds m'a dit que vous aviez des questions concernant votre sauvetage ?

La voix à l'autre bout du fil était profonde, avec un accent du sud tellement traînant qu'il avait presque l'air de s'ennuyer. Le cœur de Julie s'était immédiatement emballé.

— Oui. Je voulais dire merci aux hommes qui sont venus jusqu'au Mexique pour me secourir.

— Ils auraient fait la même chose pour n'importe qui.

Julie avait grimacé. Bon sang, ce Tex n'y allait pas avec des pincettes.

— Je sais. Mais je... j'ai été mesquine et je le regrette. Je ne leur ai pas dit merci lorsqu'ils m'ont ramenée, et je voulais m'assurer qu'ils savaient que j'étais reconnaissante de tout ce qu'ils avaient fait.

— Je ne peux pas vous communiquer le nom de ces hommes, avait dit franchement Tex.

Le cœur de Julie s'était arrêté.

— Mais je suis en mesure de vous donner le numéro de leur commandant. Vous pouvez lui parler et s'il trouve que c'est approprié, il vous mettra en contact avec les soldats d'élite.

— D'accord. C'est super, s'était enthousiasmée Julie.

— Je ne serais pas trop contente si j'étais vous, l'avait prévenue Tex. Le commandant Hurt est terriblement protecteur envers les hommes sous son commandement. Je vous donne environ 30 % de chances d'être capable de rencontrer les soldats en personne. Hurt vous dira probablement qu'il leur transmettra le message de votre part.

— C'est mieux que rien, dit Julie d'un ton assuré.

Tex avait émis un petit rire.

— Vous êtes optimiste.

— Oui, c'est mieux que ce que j'avais jusqu'ici.

— C'est vrai.

— Je... Merci.

— Ne me remerciez pas, avait ricané Tex. Vous avez encore un long chemin devant vous.

Julie avait redressé l'échine.

— Je peux le faire.

— Bonne chance. Bon, vous avez un stylo ?

Julie avait fouillé dans son sac et en avait tiré un stylo et un ticket d'un fast-food chinois dans lequel elle avait déjeuné ce jour-là.

— Allez-y.

Tex lui avait donné un numéro de téléphone et souhaité à nouveau bonne chance.

Julie était à présent allongée sur son lit et elle réfléchissait au mois et demi qui venait de s'écouler et de tout ce qui avait changé dans sa vie. Elle essayait aussi de récupérer après le cauchemar et la crise de panique qu'elle venait de subir. Le lendemain, elle appellerait ce commandant Hurt et le convaincrait de la laisser parler aux soldats d'élite qui l'avaient secourue.

Sans problème.

Elle ferma les yeux et s'efforça de se détendre, de faire semblant qu'elle n'était absolument pas nerveuse, nerveuse comme elle ne l'avait encore jamais été. Quand le soleil se leva, Julie n'était pas plus détendue que lorsqu'elle s'était réveillée après son cauchemar.

CHAPITRE DEUX

— Allo ?

— Euh, bonjour. Je m'appelle Julie et...

— Comment avez-vous eu ce numéro ?

Patrick Hurt n'était pas souvent surpris, mais entendre une voix féminine et douce à l'autre bout du fil sortait vraiment de l'ordinaire, et il n'aimait pas ce qui sortait de l'ordinaire.

— C'est Tex qui me l'a donné. Je m'appelle Julie Lytle...

— Tex ? Pourquoi diable Tex vous aurait-il donné mon numéro ?

— Si vous voulez bien me laisser parler, je vous le dirai.

Patrick contint à peine le rire qui manqua

s'échapper de lui. Ça faisait longtemps que quelqu'un ne lui avait pas parlé avec tant... d'effronterie. En tant que commandant d'une équipe des forces spéciales, il avait l'habitude qu'on le traite avec respect.

— Alors je vous en prie... dites-moi tout.

Il entendit la femme inspirer profondément avant de poursuivre :

— Comme je le disais, je m'appelle Julie Lytle. C'est Tex qui m'a donné votre numéro. Je voulais remercier les soldats d'élite qui m'ont secourue d'une situation terrible, et Tex m'a dit que vous étiez leur commandant. Je sais que vous ne pouvez probablement pas me donner leurs noms, mais j'aimerais les rencontrer et les remercier en personne de m'avoir sauvé la vie.

— Non.

— J'apprécierais de... euh... Non ?

— Exactement. Non. Les missions des forces spéciales sont top secrètes. Ce serait contraire au protocole pour eux d'aller parader dans des rencontres en privé pour qu'on les remercie. C'est leur travail, madame. Voilà tout.

— D'abord, je comprends que ce qu'ils font soit top secret, mais puisque j'étais *là*, ce n'est pas un secret pour *moi*. Deuxièmement, peu m'importe que ce soit leur travail. C'est la première fois que j'ai dû être secourue, et ce n'était pas juste un travail pour *moi*. Troisièmement, et je vais être franche, je me suis comportée comme une merdeuse et j'aimerais m'excuser.

Patrick se cala contre le dossier de son fauteuil de bureau et fit courir une main à travers sa chevelure sombre. Il n'avait pas besoin de cette histoire aujourd'hui.

— Bon, Julie, c'est ça ? Je suis vraiment content qu'ils vous aient secourue, vraiment. Mais ne pensez-vous pas que le fait que vous vous soyez comportée comme une merdeuse signifie qu'ils ne veulent plus vous voir ou recevoir vos remerciements ?

— C'est vrai, répliqua-t-elle immédiatement.

Le respect de Patrick pour cette mystérieuse femme monta alors d'un cran. Elle continua :

— Je sais qu'ils ne le veulent pas, mais ils le méritent. Je jure que je ne serai pas désagréable. Je ne les embarrasserai pas non plus. Je n'irai pas trouver la presse. On pourra se rencontrer dans un endroit discret quelque part, si c'est mieux pour vous. C'est simplement que…

Sa voix mourut.

Patrick ne dit rien, laissant le silence se poursuivre, et comme il s'y attendait, elle recommença à parler pour remplir cette pause embarrassante dans leur conversation :

— Je m'apprêtais à être vendue à des mecs vraiment flippants. Ils m'avaient déjà appris à quoi m'attendre quand je serais vendue, et je peux vous dire que la perspective de devenir un réceptacle pour le désir de je ne sais combien d'hommes n'était pas vraiment attirant. Votre équipe m'a sauvée d'un destin pire que la mort et je voulais simplement les regarder dans les yeux et leur dire merci de m'avoir rendu ma vie.

Patrick serra les dents et poussa un juron intérieur. Julie Lytle. Le nom lui rappela de quelle mission elle parlait.

Il avait longuement entendu parler de la fameuse Julie et elle avait raison, elle s'était bien comportée comme une merdeuse. Il savait que Cookie et les autres ne souhaiteraient pas vraiment recevoir ses remerciements. Ils avaient été heureux de la rendre à son père et de ne plus jamais la revoir. Sans parler du fait qu'il ne pensait pas que Fiona ait besoin qu'on lui rappelle ce qui lui était arrivé. La dernière chose qu'il aurait voulue était de risquer de lui provoquer un autre flash-back.

Mais il y avait dans la voix de Julie une certaine sincérité qu'il n'avait pas entendue chez beaucoup d'autres victimes qu'ils avaient secourues. Patrick était plutôt doué pour juger du caractère des gens. C'était tout naturel, après avoir lui-même bossé en tant que soldat d'élite puis comme commandant actuel de l'équipe.

— Julie. Oui, je me souviens de vous, et pour être honnête, je ne pense pas que les gars aient envie de vous revoir.

— Oh. D'accord.

La voix de Julie était douce et Patrick devina qu'elle était au bord des larmes.

— Je vous suis tout de même reconnaissante d'avoir pris le temps de me parler. Si ce n'est pas trop vous demander, pourriez-vous au moins leur dire que j'ai appelé et les remercier de ma part ? Ce n'est pas pareil, mais c'est mieux que rien.

Patrick prit une décision soudaine qu'il espéra ne pas avoir à regretter.

— Jeudi après-midi. Seize heures. Je vous rencontrerai et on en parlera. Si je pense que vous êtes vraiment sincère et que vous faites tout ça pour les bonnes raisons, je songerai à vous laisser rencontrer l'équipe.

— J'y serai. Où nous retrouvons-nous ?

— À Pacific Beach près de La Jolla.

— D'accord. Comment vais-je... ?

— Je vous trouverai, lui dit Patrick, devinant ce qu'elle allait lui demander.

Ce serait facile de vérifier à quoi elle ressemblait. Son enlèvement n'avait pas vraiment été un secret. Tous les médias en avaient parlé quand elle était rentrée chez elle.

— C'est super. Alors on se voit dans quelques jours. Et, commandant Hurt ? Merci. Sérieusement. Vous n'avez aucune idée de ce que ça représente pour moi.

— On se voit jeudi.

— Au revoir.

— Au revoir.

Patrick raccrocha et mit les mains sur sa nuque en se calant contre le dossier de sa chaise. Généralement pas homme à aimer les surprises, voilà qu'il s'en retrouvait avec une grosse sur les bras. Il n'avait pas vraiment de plan, alors il verrait ce qu'il ferait le moment venu. Une fois encore, la devise des forces spéciales lui vint à l'esprit. *La seule journée facile était hier.* Comme c'était vrai !

* * *

Julie raccrocha en souriant. Elle savait que ce n'était pas dans la poche, mais elle se sentait super bien. Rencontrer ce commandant des forces spéciales la rendait plus à même de passer à autre chose et de rectifier ses torts. Il lui faudrait simplement rencontrer les soldats d'élite, puis elle serait véritablement capable de mettre toute cette histoire derrière elle et de se concentrer sur sa nouvelle vie.

Au cours du mois précédent, elle avait bossé plus dur qu'elle ne l'avait jamais fait, et elle adorait cela ! Elle avait fait le tour des *country-clubs* et avait présenté son projet à plusieurs associations pour femmes. Les deux femmes et l'homme que son père lui avait dénichés étaient géniaux.

Ils l'avaient aidée à trouver un ravissant petit local à Mission Valley. Elle s'était fait dessiner un logo et avait décoré les lieux. Il y avait des petites chaises confortables éparpillées à l'intérieur pour que les clients ou leurs partenaires puissent s'asseoir. Elle avait installé un petit bar à café gratuit, afin que les visiteurs puissent se prendre un en-cas et une boisson. Les vêtements avaient été nettoyés et disposés de façon professionnelle après avoir été reçus. Cela ressemblait honnêtement plus à une petite boutique qu'à un véritable magasin d'occasions.

Les affaires avaient vraiment bien fonctionné. Julie avait conscience qu'elle avait réussi jusqu'alors grâce à l'aide de son père, mais elle s'était également démenée. Elle avait passé la majeure partie de ses journées ou bien à rencontrer des gens qui pourraient être intéressés, ou alors à développer son réseau. Elle avait également fait le tour de tous les magasins d'occasions de la ville afin d'éplucher leur stock à la recherche de vêtements de marque qu'elle aurait pu acheter pour les placer sur ses propres présentoirs.

Julie espérait que le nombre de connexions qu'elle se faisait continuerait à grandir et à faire naître un intérêt pour son organisme. Elle avait parlé à quelques directrices de foyers pour femmes battues de la région et avait pris rendez-vous pour la semaine suivante avec une femme qui gérait l'un des clubs de jeunes du coin. Il y avait également un centre pour adolescents auquel elle avait envie de se rendre. Elle avait étendu son idée de fournir des vêtements pour des entretiens d'embauche à des femmes dans le besoin : elle avait également envie d'offrir de belles robes à des adolescentes qui ne pouvaient pas se permettre d'en acheter une pour leur bal de fin d'année.

La clochette au-dessus de la porte tinta quand trois femmes entrèrent. Julie oublia un instant sa joie de pouvoir parler au commandant Hurt dans quelques jours et se tourna vers les trois femmes pour se lancer dans son discours de bienvenue :

— Bonjour, bienvenue au *Second souffle*. Vous êtes libres de tout regarder. Tous les vêtements ont été donnés et sont certifiés de marque. Versace, Hermès, Ralph Laurent, Prada, Kate Spade, Chanel, Gucci… Vous n'avez qu'à demander. Je pense que vous trouverez que les prix sont vraiment raisonnables. Si vous avez la moindre question, demandez-moi ! Les cabines sont au fond, et je vous invite à boire une tasse de café, si vous voulez.

Les femmes la saluèrent poliment du menton et se dirigèrent vers les portants pour commencer à regarder. Julie ne put s'empêcher d'écouter leur conversation alors qu'elles riaient et plaisantaient ensemble.

— Oh, mon Dieu, Caroline ! Regarde. Ça serait ravissant sur toi !

— Ah ! Pas question, Alabama. Cette chose est hideuse.

— Mais c'est du Vera Wang !

— Peu m'importe, c'est quand même moche !

Les femmes éclatèrent de rire et continuèrent de regarder d'autres vêtements. Julie contint un soupir. Cela lui manquait de passer du temps avec ses copines. Certes, ses soi-disant amies en Virginie n'étaient pas aussi proches que paraissait l'être ce trio-là, mais tout de même... Elle avait tellement travaillé qu'elle n'avait pas encore eu le temps de rencontrer des gens en Californie. Il faudrait bien qu'elle tente d'y remédier.

Julie braqua son attention sur la feuille de calcul affichée à l'écran d'ordinateur en face d'elle, essayant de ne pas avoir l'impolitesse d'écouter ce que se disaient les trois femmes à l'arrière du magasin, mais la musique en bruit de fond ne parvenait pas à couvrir leur conversation joyeuse.

— Tu penses que ça plairait à Sam ? demanda l'une des femmes aux autres.

— Euh, oui. Tu plaisantes ? Il va te l'arracher dès qu'il te verra.

Elles pouffèrent toutes.

Enfin, après avoir parcouru le magasin pendant une bonne heure, le trio se dirigea vers la caisse pour régler leurs achats.

— Vous avez trouvé tout ce que vous désiriez ?

— Plus que ça, même, ce magasin est génial ! J'ai

envie d'acheter tous les vêtements à ma taille. On reviendra.

Julie se lança dans son discours de recrutement pendant qu'elle scannait leurs achats :

— C'est bien, parce qu'on reçoit continuellement de nouvelles affaires. Tout ici a été donné, alors si vous avez chez vous des vêtements de marque que vous ne mettez plus ou qui ne vous vont plus, je serais ravie de les récupérer. Toutes les donations sont déductibles des impôts et bien entendu, vous recevrez un reçu. Nous travaillons également avec des foyers locaux pour femmes battues afin de fournir des tenues gratuites à des femmes qui passent des entretiens d'embauche, mais ne possèdent pas de tenue appropriée ou bien ne peuvent pas se permettre d'acheter quoi que ce soit. Et à partir du printemps prochain, je souhaite offrir le même genre de service à des adolescentes du coin qui n'ont pas les moyens de s'acheter une nouvelle robe pour le bal du lycée.

— Oh, vraiment ? C'est génial, s'exclama l'une des femmes. Je ne possède pas de vêtements de marque, ce n'est pas vraiment mon style, mais je parie que plusieurs femmes en ont à la base. Et bon sang, entre nous et les garçons, on pourrait probablement trouver des gens qui souhaiteraient faire des dons.

— Ça serait génial ! s'extasia Julie. Tenez, prenez ma carte. Je peux également aller collecter les affaires, afin que ça soit plus pratique pour tout le monde. Envoyez-moi simplement un mail ou bien appelez-moi, et on s'arrangera.

— Je m'appelle Caroline. Voici Alabama et Summer, dit la femme en lui tendant la main.

Julie la serra en disant :

— Ravie de vous rencontrer. Je m'appelle Julie.

— On n'a jamais vu votre boutique avant. C'est nouveau ?

— Oui. J'ai déménagé ici depuis la côte Est il y a environ un mois et demi. Je ne suis pas encore vraiment installée, mais jusqu'ici, l'endroit me plaît beaucoup.

Summer éclata de rire.

— Je comprends, n'est-ce pas le paradis ? Du soleil, du sable et des marins sexy…

Elles éclatèrent toutes de rire. Julie acheva de scanner les articles et tendit leurs sacs aux trois femmes.

— Sérieusement, merci d'être venues pour jeter un œil au magasin. J'apprécierai toute la publicité que vous voudrez bien me faire. Je ne fais honnêtement pas ça pour devenir riche ; j'ai envie d'aider les autres.

Summer la dévisagea d'un regard critique, mais elle ne dit rien.

Julie se hâta de préciser sa pensée :

— Je sais, je donne l'impression de me vanter ou de faire ça pour de la pub, mais ce n'est pas le cas, sincèrement. J'avais besoin d'un changement dans ma vie. Mon père m'aide à financer la boutique, alors je n'ai pas de problème de ce côté-là, mais j'ai connu une expérience qui m'a changé la vie, et quelqu'un m'a aidée, alors j'ai simplement envie de faire pareil. D'aider quelqu'un à mon tour. Vous savez, le karma et tout ça.

— Eh bien, ça me semble une bonne façon de le faire. On vous souhaite de réussir. Je suis certaine que vous nous reverrez bientôt, avec nos autres amies, cette fois.

— Vos amies ?

— Oui, intervint Caroline, on est six. Comme un gang de filles. Nos hommes n'ont pas souvent l'occasion de nous voir bien habillées, mais je pense que si on arrive à trouver des robes géniales, nos soldats d'élite en resteront sur le cul.

— Des soldats d'élite ? ne put s'empêcher de demander Julie.

Apparemment, le monde tournait autour des soldats d'élite.

— Oui. On est toutes en couple avec des soldats des forces spéciales. C'est un boulot difficile, mais il faut bien que quelqu'un se les tape... Euh, je veux dire se *le* tape, dit Alabama qui ouvrait la bouche pour la première fois.

Toutes les femmes éclatèrent de rire et Julie leur adressa un signe de la main en souriant alors qu'elles quittaient la boutique.

Au début, elle se dit que c'était le destin si trois femmes en couple avec des soldats d'élite étaient venues dans sa boutique alors qu'elle venait de parler au commandant Hurt, puis elle haussa les épaules. Elle était au beau milieu d'une ville militaire. À bien y réfléchir, ce n'était pas si étrange.

Le reste de la journée se passa rapidement. Elle eut quelques clientes de plus, puis elle essaya de planifier dans sa tête ce qu'elle allait dire au commandant quand elle le rencontrerait en personne dans quelques jours. Elle voulait lui faire comprendre qu'elle avait changé en tant que personne. Elle était différente de ce qu'elle était voilà plusieurs mois, quand elle avait rencontré ses soldats.

Elle avait bien entendu à sa voix qu'il savait ce

qu'elle avait fait et toutes les choses horribles qu'elle avait dites à son équipe et à l'autre femme avec laquelle elle avait été secourue.

Julie ravala son remords. Non. Elle était différente à présent. Elle n'avait qu'à le lui faire voir, il lui ferait rencontrer les hommes qui l'avaient sauvée, et elle pourrait reprendre le cours de son existence. C'était simple comme bonjour.

CHAPITRE TROIS

Julie était assise sur le muret et observait les vagues qui s'écrasaient contre le rivage. Étonnamment, il y avait une foule de gens qui se prélassaient. Julie était bonne nageuse, mais elle n'avait pas eu le temps d'aller visiter les plages locales. Celle-ci était parfaite. Il y avait beaucoup de sable et pas de galets comme sur le reste de la côte Ouest. Il y avait apparemment une pente en entrant dans l'eau ; on ne perdait pas pied tout de suite. Cela permettait aux enfants d'évoluer sur le rivage et de pousser des cris quand les vagues remontaient et redescendaient le long de la côte. Elle voyait également quelque chose qui ressemblait à un grand banc de sable à une trentaine de mètres de la plage.

Il y avait plusieurs surfeurs dans l'eau. Les

vagues n'étaient pas immenses – ce n'était pas Hawaii après tout –, mais certaines étaient assez grandes pour que les sportifs puissent se tenir debout et se laisser porter pendant un moment avant qu'elles ne disparaissent. Julie se disait que la plupart des surfeurs sérieux venaient probablement ici tôt dans la matinée. Du moins était-ce ce qu'elle avait toujours entendu dire. Elle n'avait aucune expérience personnelle concernant les surfeurs et leurs heures favorites pour se retrouver.

Julie jeta un œil à sa montre. Elle était en avance. Cela ne lui arrivait jamais avant, mais à présent qu'elle devait rencontrer des gens qui n'avaient guère de temps à lui consacrer, elle mettait toujours un point d'honneur à arriver environ dix minutes en avance. C'était ce que requérait la politesse. Elle ne voulait pas que l'on refuse de travailler avec elle parce qu'elle était arrivée en retard à un rendez-vous.

Elle regarda autour d'elle en battant des jambes. Ses orteils frôlaient à peine le sable. Elle s'était débarrassée de ses tongs quand elle s'était assise et elle aimait sentir le soleil de l'après-midi sur ses jambes et ses orteils. Elle avait eu du mal à choisir sa tenue. Elle voulait projeter une impression de sincérité et d'honnêteté, mais elle ne savait vraiment pas comment. Elle avait choisi un short en jean respectable qui lui arrivait juste au-dessus du genou et un débardeur rose clair. Il n'était ni pas assez révélateur ni trop décolleté, mais il semblait parfait pour la température. Il faisait après tout une trentaine de degrés. Un tailleur l'aurait fait paraître coincée et hautaine, et elle ne voulait pas non plus avoir l'air délurée.

Après avoir réfléchi pendant plusieurs jours à ce qu'elle avait envie de dire, Julie n'était pas plus avancée que lorsque le commandant Hurt lui avait suggéré qu'ils se rencontrent. Enfin, après deux autres cauchemars et de nombreuses heures d'insomnie, elle avait décidé d'improviser.

Patrick était assis dans sa voiture et observait Julie. Elle était assise sur le muret qui entourait la plage. Elle souriait en regardant les pitreries des enfants près d'elle et elle regardait occasionnellement sa montre et le parking. Elle ressemblait aux photos que Tex lui avait fait parvenir, mais il y avait quelque chose de différent en elle. Il ne parvenait pas à mettre le doigt dessus. Enfin, sachant qu'il ne pourrait plus attendre très longtemps, il se glissa hors de sa voiture et se dirigea vers elle.

Il ne savait pas s'il allait lui permettre de revoir

Cookie et les autres gars, mais pour le moment, il lui accorderait le bénéfice du doute. Elle avait eu l'air sincère au téléphone, et si c'était ce dont elle avait besoin pour tourner la page après ce qui lui était arrivé, qui était-il pour le lui refuser ?

— Bonjour. Vous devez être Julie.

Elle leva les yeux vers lui et sauta du muret, atterrissant dans le sable. Elle lui sourit tout en se penchant maladroitement pour récupérer ses chaussures.

— Oui, répondit-elle en lui tendant la main. Julie Lytle. Commandant Hurt ?

— Patrick. Appelez-moi Patrick.

Il lui serra la main, appréciant sa poigne énergique.

— Très bien, Patrick. Ravie de vous rencontrer. Merci d'avoir accepté de me voir. Je vous en suis reconnaissante.

Il haussa les épaules.

— C'était la moindre des choses.

— Pas vraiment, mais merci quand même. Alors...

Sa voix mourut alors qu'elle regardait autour d'elle.

— Où allons-nous ?

— Et si nous marchions un peu ? suggéra-t-il.

— D'accord.

Patrick était venu paré pour une balade le long de la plage de sable, et il ôta rapidement ses vieilles tongs et enjamba aisément le muret sur lequel elle était assise quelques instants plus tôt.

— Waouh, vous êtes grand, commenta-t-elle franchement en le dévisageant des pieds à la tête.

Il portait un T-shirt bleu marine qui ne faisait rien pour dissimuler ses biceps énormes. Il avait beau être commandant et ne plus partir en mission, il continuait manifestement à s'entraîner. Son short de sport lui descendait jusqu'aux genoux et il avait des trous dans chaque jambe. Un au-dessus du genou gauche et l'autre sur la cuisse droite. Il était usé et semblait vraiment confortable. Il portait également une paire de lunettes de soleil. L'ensemble évoquait Tom Cruise dans *Top Gun*.

Il sourit à Julie. À présent qu'ils se tenaient tous les deux dans le sable, Patrick voyait à quel point elle était minuscule. Il avait lu les informations la concernant dans le rapport de la mission au Mexique, mais voir son mètre cinquante-cinq en personne était complètement différent.

— Un mètre quatre-vingt-deux vous semble probablement grand, mais je ne suis sincèrement pas très grand par rapport à beaucoup d'autres gars.

Elle haussa les épaules.

— D'accord, si vous le dites.

Ils commencèrent à descendre la plage. Ne semblant pas pressés, l'un comme l'autre, ils prirent leur temps. Enfin, Julie aborda la raison de leur rencontre :

— Je suis certaine que vous avez lu les dossiers secrets que vous gardez sur les missions et que vous savez ce qui s'est passé au Mexique.

Elle savait que si elle essayait de minimiser la façon dont elle s'était comportée, elle donnerait l'impression de ne pas assumer ses actes.

— Mais j'aimerais expliquer ce qui s'est passé, comment je suis arrivée là-bas, la vraie histoire, pas ces bêtises inventées par les médias... avant que vous ne preniez votre décision... si ça ne vous dérange pas.

Le voyant répondre d'un simple hochement de tête, elle se hâta de poursuivre avant d'avoir le temps de se dégonfler :

— J'étais dans un bar avec un groupe de copines. Enfin, ce n'étaient pas vraiment des copines, simplement des filles que je connaissais. C'étaient des filles et des amies de certains politiques dans l'entourage de mon père. On sortait presque tous les week-ends pour se détendre. Je sais que je suis honnêtement trop vieille pour ces bêtises et qu'on n'avait pas vraiment besoin de se détendre, mais c'est ce qu'on faisait. Je suis allée aux toilettes toute seule, ce qui n'est pas commun pour une fille, je le sais.

Elle leva les yeux vers Patrick avec un petit sourire, mais il ne la regardait même pas. Son regard était tourné vers la vaste étendue de sable devant eux. Elle soupira et poursuivit, décidant d'éviter les commentaires inutiles, parce que manifestement, il ne s'en préoccupait pas, et d'aller droit au but :

— Quand je suis sortie de la salle de bains, quelqu'un m'a attrapée par derrière et a plongé une seringue dans mon bras avant que je ne puisse songer à crier ou à me débattre. Il a mis une main sur ma bouche et m'a entraînée vers la sortie de secours, qui était située près des toilettes. On m'a poussée sur la banquette arrière d'une voiture et elle a démarré avant que je ne puisse reprendre mes esprits. Puis c'était trop tard. Ce qu'il m'avait injecté a fait effet. La dernière chose dont je me souvienne avant de perdre connaissance est que des hommes discutaient en espagnol. Je ne sais pas pendant combien de temps je suis restée dans les vapes, mais je me suis réveillée nue et avec les mains et les pieds attachés à un lit. J'avais soif, j'avais peur et j'avais mal. J'ai entendu qu'on parlait à nouveau en espagnol puis un homme s'est approché. Il s'est allongé sur moi. Il m'a regardée d'un air salace pendant qu'il m'a violée. J'avais encore la tête qui tournait et je ne comprenais pas vraiment ce qu'il se passait. J'étais allongée là, déconcertée et absolument terrifiée. Enfin, une fois que trois autres hommes sont passés après lui, ils m'ont libéré les poignets, m'ont lancé mes vêtements et m'ont dit de me rhabiller avant de m'emmener dans une hutte sombre au milieu de la jungle. Je ne savais pas dans quel pays j'étais ni ce qu'il se passait.

Julie sentit Patrick lui toucher légèrement le bras.

— Venez, asseyons-nous.

Elle se tourna vers l'endroit qu'il désignait et vit un grand arbre qui s'était écroulé. Ils s'y dirigèrent et Julie fut soulagée que Patrick l'aide à grimper dessus afin qu'elle puisse s'asseoir. Il s'appuya contre l'arbre pendant qu'elle s'installait et croisa les bras, laissant tomber ses tongs dans le sable entre eux.

— Si c'est trop douloureux, vous n'êtes pas forcée de continuer.

— Non, je veux que vous sachiez pourquoi c'est important pour moi.

Patrick hocha la tête et soutint son regard.

Comme elle ne lisait aucune censure dans ses yeux, Julie inspira profondément et poursuivit :

— Je me suis retrouvée abandonnée au milieu d'une hutte sombre, sans savoir où j'étais ni ce qu'il se passait. L'autre femme a essayé de me parler, de me réconforter, mais je ne pouvais faire que pleurer. Je ne voulais rien écouter de ce qu'elle avait à me dire. J'étais dans le déni et je ne voulais pas l'entendre. Je savais que si elle était là depuis aussi longtemps qu'elle l'affirmait, j'étais dans la mouise. Je savais que je n'aurais pas été capable de gérer ce qui venait de m'arriver encore et encore pendant trois autres mois. Alors quand votre soldat d'élite est arrivé, je n'ai pas songé à autre chose qu'à sortir de là. N'importe où aurait été meilleur que cette satanée hutte, où on pouvait venir me chercher et me violer à nouveau. Quand il a deviné la présence de l'autre femme dans l'endroit, j'ai eu peur que prendre plus de temps signifie que les trafiquants allaient nous retrouver et tuer votre homme. Puis ils m'auraient rattachée et m'auraient refait du mal.

Julie essuya les larmes qu'elle n'avait pas réalisé avoir versées et elle poursuivit en essayant de ne pas éclater en sanglots :

— Je l'ai prié d'y aller, d'ignorer ce qu'il entendait ou voyait. J'avais une idée en tête et c'était de partir de là. J'ai tellement honte de ce que j'ai fait. De tout ce qui s'est passé là-bas, c'est la seule chose que je ne parviens pas à me sortir de la tête : le fait que s'il m'avait écoutée, cette pauvre femme serait toujours captive. Elle serait...

Les paroles de Julie moururent sur ses lèvres. Elle ne voulut même pas dire que ce qu'elle savait pour sûr serait arrivé à l'autre femme si on l'avait laissée là-bas.

— Mais Dieu merci, il ne m'a pas écoutée. Il est allé à l'autre bout de la cabane, a récupéré la deuxième fille, et on a commencé à crapahuter à travers la jungle. Ce n'est pas une excuse, mais je me sentais terriblement mal. J'avais mal, j'avais peur et j'ai dit des choses horriblement méchantes. Je savais que l'autre femme était bien plus forte que moi. C'était une bonne personne qui essayait d'être gentille avec moi, me laissant avoir plus de nourriture qu'elle. Je savais qu'elle se sentait coupable parce que le soldat avait été envoyé pour la sauver elle et non moi, et je pense qu'à l'époque, c'est ce que j'ai ressenti aussi. Mais je vous jure que je n'ai pas voulu qu'il soit blessé.

Julie regarda l'homme sexy et silencieux qui se tenait à côté d'elle sans rien laisser paraître de ses pensées.

— Quand je l'ai vu saigner lorsqu'on l'a remonté dans l'hélicoptère, j'ai su que ça aurait pu être moi.

Quand ils m'ont déposée, je n'ai pas dit au revoir, je n'ai pas dit merci, je les ai simplement quittés sans regarder en arrière, tellement reconnaissante de me retrouver dans les bras de mon père que j'étais incapable de penser à autre chose. Tout le monde me disait à quel point j'étais courageuse, et que ce qui m'était arrivé était affreux, mais je connaissais la vérité.

— C'est-à-dire ? demanda Patrick.

— Que j'étais une poule mouillée. Tout ce que j'ai fait dans ma vie a été pour moi. J'étais égoïste, vaniteuse et égocentrique. Je ne me préoccupais pas de cette autre femme. Je voulais simplement *me* tirer de cette situation. Je ne me préoccupais pas du soldat, je voulais juste quitter la jungle. Peu m'importaient les autres gars de l'équipe. Je n'aurais même pas pu vous dire à quoi ils ressemblaient. Je n'ai pensé qu'à moi.

— Je crois que n'importe qui dans la même situation aurait ressenti la même chose.

— Oui, c'est ce que tout le monde m'a dit, mais je sais que c'est un mensonge.

— Un mensonge ?

— Oui, dit Julie. Parce que j'étais là. J'ai vu l'autre femme. *Elle* n'était pas comme ça. Sa première préoccupation était pour votre soldat. Elle s'est même inquiétée pour *moi* et je ne méritais certainement pas un soupçon de sa sympathie. Votre soldat n'était pas comme ça. Il était prêt à donner sa vie pour moi, même si je ne le méritais pas.

— Julie, je ne pense pas…

— Non, j'ai raison. Mais j'essaye de changer. Vraiment. Je sais que beaucoup de gens pensent que je suis hautaine et une fille à papa pourrie gâtée. C'est même grâce à l'argent de mon père que j'ai déménagé ici. Je n'aurais pas pu monter ma boutique sans lui, alors d'une certaine façon, je suis toujours égoïste. Mais j'espère que tout ce que j'essaye de faire à présent pour aider les autres va contribuer à rééquilibrer un peu mon karma.

Julie déglutit et se dépêcha de finir :

— Je veux simplement faire ce que j'aurais dû faire tous ces mois en arrière. Dire simplement merci. Leur dire en face que j'apprécie tout ce qu'ils ont fait pour moi et ce qu'ils font pour notre pays. Mais, je serais plus reconnaissante que vous ne sauriez l'imaginer si vous m'aidiez à le faire.

— Je vous aiderai.

Julie reprit son souffle et sentit les larmes remonter à nouveau. Elle invoqua toute sa force pour les ravaler.

— À une condition.

Oh, merde.

— Tout ce que vous voulez, répondit-elle honnêtement en le regardant, ignorant totalement ce qu'il
allait lui demander.

— Acceptez de sortir une fois avec moi.

CHAPITRE QUATRE

Patrick n'avait pas réfléchi à l'avance à ce qu'il allait faire, mais alors qu'il restait appuyé contre l'arbre à écouter ce qu'elle avait subi aux mains des trafiquants d'êtres humains, puis tout ce qu'elle avait fait pour changer de vie, il s'était pris à l'admirer.

C'était fou. C'était *Julie*. La merdeuse. Il avait entendu Cookie et les autres lui raconter qu'elle avait été une chieuse de première. Qu'elle avait encouragé Cookie à quitter la cabane alors que Fiona y était toujours enchaînée à terre. Qu'elle s'était plainte et avait émis des remarques pendant tout le trajet jusqu'à l'hélicoptère. Et même qu'elle les avait tous quittés sans un mot.

Plus il y songeait, plus Patrick savait que l'équipe

avait besoin d'entendre ce qu'elle avait à dire. Il fallait qu'ils sachent tout ce qu'elle venait de lui confier, mais c'était à elle de raconter cette histoire, pas à lui.

Il lui accorderait l'occasion dont elle avait besoin pour remercier les garçons et il les préviendrait pour qu'ils lui donnent sa chance. Mais l'avoir regardée lutter pour lui raconter son histoire, l'avoir vue la raconter, avait fait naître en lui un certain respect pour elle.

Patrick était un homme dur. C'était dû à plus de vingt ans passés dans la Marine, la plupart en tant que soldat d'élite. Mais il n'avait jamais été aussi touché par une histoire que par celle de Julie. Ce serait à Cookie de décider s'il voulait laisser Fiona rencontrer Julie aussi, alors il n'allait pas mettre les deux femmes en contact avant que les garçons n'aient pu lui parler.

— Sortir ?

— Oui. Vous savez… un dîner… ou peut-être une autre promenade sur la plage… Sortir, quoi.

Elle le regarda pendant un instant, confuse.

— Alors vous voulez que je vous en dise plus sur ce qui s'est passé là-bas ? Pourquoi je me suis comportée comme une merdeuse ?

Patrick se mit devant elle et plaça les mains de

part et d'autre de ses hanches sur l'écorce rêche de l'arbre, réalisant qu'il venait peut-être de dépasser les bornes alors qu'elle venait de se confier à lui et sachant qu'il n'était pratiquement encore qu'un inconnu pour elle. Il se pencha en avant, essayant de s'assurer qu'elle l'entendait vraiment et voyait qu'il était sérieux.

— Non, parce que malgré notre différence d'âge, je suis attiré par vous.

— Par *moi* ?

Patrick émit un petit rire et la regarda dans les yeux.

— Par vous.

Il vit qu'elle avait du mal à intégrer ce qu'il venait de lui dire. Quand elle réagit, elle le surprit par ses paroles :

— Vous n'êtes pas beaucoup plus vieux que moi.

Il eut un mouvement de recul.

— Quel âge croyez-vous donc que j'ai ?

— Euh..., dit-elle en plissant le nez tout en l'observant. Trente-cinq ans ?

Il éclata de rire puis se reprit et lui dit :

— Merci, mais non, je n'ai pas trente-cinq ans.

Voyant qu'il n'ajoutait rien de plus, elle demanda :

— Alors quel âge avez-vous ?

— Je ne pense pas que je vais vous le dire.

— Quoi ? Pourquoi ? Je pensais que seules les femmes étaient sensibles sur leur âge.

— Je ne suis pas sensible, mais je ne veux pas vous fournir la moindre raison de dire non.

Elle le regarda un instant, son sérieux retrouvé.

— Si je dis non, ça veut vraiment dire que vous n'allez pas m'aider à tout arranger avec vos soldats ?

— Non, il m'arrive peut-être de me comporter comme un connard, mais je ne vous forcerai jamais à sortir avec moi. Je sais que j'ai posé une condition pour cette rencontre, mais j'ai menti. Je vous aiderai que vous acceptiez de me revoir ou pas.

— D'accord.

— D'accord parce que j'ai menti pour la condition, ou d'accord pour sortir avec moi ?

— Les deux.

Patrick hocha la tête et se recula légèrement, puis lui tendit la main.

— Allons-y, je vais vous raccompagner à votre voiture.

Julie mit sa main dans la sienne et sauta de l'arbre. Patrick ne la lâcha pas et se pencha pour récupérer leurs chaussures. Il rendit les siennes à Julie avant de ramasser sa propre paire. Il continua

de lui tenir la main et les ramena vers le parking par
là où ils étaient venus.

Julie resta silencieuse un instant, puis elle dit :

— Je ne sais rien sur vous… sauf que votre nom
est Patrick, que vous n'avez pas trente-cinq ans et
que vous êtes responsable d'une unité des forces
spéciales.

Reconnaissant son besoin d'être rassurée, Patrick
prit la parole :

— Je m'appelle Patrick Hurt et mon surnom est
Hurt, comme on pourrait s'y attendre. Je n'ai pas
trente-cinq ans. J'étais moi-même soldat d'élite et
j'ai participé à des missions intenses. J'aime ce que je
fais à présent, à travailler en retrait, à coordonner des
actions. J'ai vécu ici en Californie pendant ce qui me
paraît être ma vie entière. J'ai encore mes deux
parents. Ils vivent au nord de Los Angeles. Je n'ai pas
de frères ou de sœurs de sang, mais j'ai beaucoup
d'hommes et de femmes que je considère comme
ma famille. Je n'ai jamais été marié et je n'ai pas un
enfant dans chaque port.

Il s'interrompit, regardant Julie. Il attendit qu'elle
lève les yeux vers lui, puis il poursuivit :

— Je ne suis pas impulsif. Je réfléchis à tout ce
que je fais avant de le faire. Les missions, ce que je

vais manger au dîner, le trajet que je vais prendre pour rentrer tous les jours, combien de calories je mange en rapport à mon entraînement. On m'a déjà dit que j'étais maniaque.

— Mais...

Patrick savait ce qu'elle allait dire. C'était ce qu'il voulait qu'elle réalise.

— Oui. Vous inviter était un geste impulsif qui ne me ressemble absolument pas. Je devrais vous dire que ce n'était pas une invitation par simple pitié. Ce n'est pas pour vous tirer les vers du nez. Vous avez retenu mon intérêt et je veux apprendre à mieux vous connaître. J'aime *cette* Julie-là.

— Elle me plaît aussi.

— C'est bien.

Ils étaient arrivés au parking.

— Alors... est-ce que samedi de la semaine prochaine est trop tôt ?

— Trop tôt ?

— Pour qu'on sorte ensemble.

— Oh, non. C'est bien samedi. À quelle heure ?

— À quelle heure êtes-vous libre ?

Julie leva les yeux, essayant visiblement de se souvenir de son emploi du temps.

— J'ai rendez-vous à neuf heures du matin avec une femme qui gère un programme après l'école pour des adolescents à risques, puis le magasin ouvre à dix heures. Je travaille jusqu'à seize heures, puis j'ai un autre rendez-vous avec le conseiller d'un des lycées.

— Vous êtes une femme occupée, fit remarquer Patrick en remettant ses chaussures.

Elle haussa les épaules.

— Oui. J'aime être occupée. Ça m'évite de trop réfléchir... à des choses.

— Vous voulez que je vienne vous chercher, ou bien on se retrouve quelque part ?

Patrick voulait lui donner le choix. Ce n'était pas une très bonne idée de laisser un homme vous récupérer chez vous pour votre premier rendez-vous, parce que si ça ne fonctionnait pas, l'homme saurait alors où vous vivez. Mais il était entièrement digne de confiance et si ça ne marchait pas pour leur rendez-vous, il la laisserait tranquille. Cela dit, c'était quand même à elle de décider.

Julie se mordit la lèvre en réfléchissant à la question. Il aimait la façon dont elle cogitait vraiment avant de répondre.

— Je pense qu'on pourrait se retrouver quelque part. Comme ça, si on décide de finir plus tôt, ça ne sera pas embarrassant si vous devez me ramener chez moi.

Patrick ne la contredit pas.

— Et si on se retrouvait à dix-huit heures trente à ce nouveau resto à steaks qui a ouvert dans le coin ?

— Lequel ?

— Celui où on paye un droit d'entrée et on peut manger autant de viande qu'on peut. On vous l'apporte à votre table jusqu'à ce que vous soyez pleins et que vous leur disiez d'arrêter.

— Oh, *Fogo de Chao* ? Le resto brésilien ? J'en ai entendu parler, et les gens disent qu'il est génial.

— C'est celui-là, oui.

— D'accord.

— Et après on verra.

— Ça me semble bien.

Julie se tourna vers lui.

— Merci, Patrick. Sérieusement. Je sais que vous n'aviez pas à me rencontrer aujourd'hui, et vous n'étiez pas obligé de m'écouter, et vous n'êtes certainement pas tenu de me laisser rencontrer vos hommes, mais j'apprécie. Plus que vous le pensez.

Patrick leva la main pour y déposer un baiser.

— Je vous en prie. On se voit samedi soir. Prenez soin de vous.

— Je n'y manquerai pas. À la semaine prochaine.

Patrick regarda Julie rejoindre sa voiture toute simple garée dans le parking. Il se demanda un instant ce qu'il était en train de faire, mais à la réflexion, cela lui avait semblé bien et il avait décidé de se lancer. Il était le type de leader à foncer une fois qu'il avait pris une décision.

Et là, il avait foncé.

CHAPITRE CINQ

Le vendredi après-midi suivant, Julie se tenait au comptoir du *Second souffle* et parlait à son père au téléphone. Il la contactait souvent et Julie savait qu'elle ne tiendrait plus jamais cela pour acquis.

— Bonjour, Papa, ça va ?

— Ça va bien. Comment va mon bébé ?

Julie leva les yeux au ciel. *Son bébé...* Enfin, bon.

— On ne peut mieux. Ce matin, j'ai rencontré une femme qui gère un programme extrascolaire pour les adolescents. C'était une idée impromptue de ma part. La semaine prochaine, je rencontrerai un autre directeur d'un autre centre pour ados, mais j'étais passée devant le bâtiment sur le chemin du travail et j'ai décidé de m'y arrêter pour voir s'il y avait quelqu'un qui voudrait bien me parler. On s'est arrangées pour que certaines des filles les plus âgées commencent à faire du bénévolat à *Second souffle*. En échange de quoi elles pourront se choisir des vêtements.

— On dirait que les choses se passent bien.

— Oui. J'adore être ici.

— Ça me fait plaisir. Je me suis inquiété pour toi.

— Je le sais et je te remercie. Et que se passe-t-il de ton côté ? Y a-t-il du nouveau dans le monde de la politique ?

— Eh bien, puisque tu abordes le sujet, on raconte que le sénateur Kellogg se présentera peut-être aux présidentielles. Il veut obtenir la nomination et l'appui du parti républicain.

— Quoi, vraiment ? C'est le père de Stacey, n'est-ce pas ? demanda Julie d'un ton incrédule. Et ça ne te dérange pas, Papa ?

— Bien sûr que non. Quoi ? Tu pensais que *je* voulais être président ? Absolument pas.

Julie poussa un soupir de soulagement exagéré.

— Alors c'est bien.

Ils éclatèrent tous les deux de rire.

— Bon, Papa, il faut que j'y aille. J'ai des clientes.

— D'accord, ma princesse. Prends soin de toi et n'oublie pas d'appeler ton vieux de temps en temps.

C'était une plaisanterie entre eux.

— Je n'y manquerai pas. Je t'aime, Papa.

— Je t'aime aussi, ma belle. On se reparle bientôt.

— Au revoir.

— Au revoir.

Julie se tourna vers les femmes, prête à se lancer dans son discours de bienvenue, et elle reconnut parmi elles les trois femmes de l'autre jour.

— Oh, bonjour ! C'est bon de vous revoir.

— Bonjour, Julie. On vous avait dit qu'on allait revenir ! Quand Fiona et les autres ont entendu parler de cet endroit, elles ont décidé qu'il fallait qu'elles le voient de leurs propres yeux !

— Alors, prenez votre temps, faites le tour et lâchez-vous !

Les femmes rirent et se dispersèrent dans le magasin pour regarder les derniers arrivages depuis leur dernière visite et voir si elles pouvaient dénicher une bonne affaire.

Julie garda l'œil sur le groupe de femmes, s'assurant qu'elles n'avaient pas besoin d'aide pour quoi que ce soit, alors qu'elle réfléchissait à son rendez-vous du lendemain soir avec Patrick. Elle avait été sincèrement surprise qu'il l'invite. Elle l'avait trouvé extrêmement beau à la seconde où elle avait posé les yeux sur lui, mais elle n'aurait jamais cru qu'il puisse l'inviter à sortir. Elle pensait toujours que c'était dû au fait qu'il se sentait désolé pour elle. Mais elle souhaitait lui donner le bénéfice du doute. Il avait eu l'air vraiment sincère quand il lui avait dit qu'il voulait apprendre à mieux la connaître.

— Pardonnez-moi, j'ai une question.

Les pensées de Julie furent interrompues par ces mots prononcés près d'elle. Elle braqua immédiatement son attention sur la femme qui se tenait en face d'elle.

— Bien sûr, que puis-je faire pour...

Mais sa voix mourut abruptement quand elle leva les yeux et vit qui se tenait au comptoir.

— Oh, mon Dieu, souffla la femme d'une voix basse, choquée. C'est toi.

Julie ne sut pas quoi répondre, mais elle n'eut pas l'occasion de dire quoi que ce soit. Caroline était venue se positionner derrière son amie.

— Qu'est-ce qui ne va pas, Fiona ?

Fiona. Julie ne s'était pas souvenue de ce prénom avant que Caroline ne le prononce et elle regarda dans les yeux la femme avec laquelle elle avait passé les pires journées de son existence. Fiona avait bien meilleure apparence que la dernière fois qu'elle l'avait vue. Elle était en bonne santé. Elle semblait bien portante et heureuse à présent. Julie baissa les yeux, incapable de soutenir le regard de Fiona, et elle vit alors une alliance et un gros diamant autour de son doigt. Elle s'était mariée. Puis elle se remémora ce que Caroline lui avait dit la dernière fois qu'elles étaient venues au magasin la semaine précédente. Elles étaient toutes avec des soldats d'élite.

Était-ce… ? Oh, mon Dieu.

— Julie, c'est ça ? demanda Fiona.

Julie ne parvint pas à lire le ton de sa voix, mais elle hocha la tête et parla rapidement, voulant en finir avec tout ça avant que Fiona ne parte en courant en emmenant toutes ses copines :

— Je suis désolée…

Sa voix s'éteignit maladroitement. Existait-il une situation pire que celle-ci ?

— Vous vous connaissez ? demanda Caroline, confuse, en les regardant successivement.

— Oui, je…, dit Fiona.

— Non, pas vraiment, marmonna Julie en même temps qu'elle.

Julie aurait voulu disparaître dans un trou et ne jamais réapparaître.

— Alors c'est oui ou c'est non ?

Les autres femmes s'étaient rassemblées autour du comptoir et Julie se sentit vraiment oppressée, même si ce n'était pas leur intention.

— Julie était la femme qui était au Mexique avec moi, expliqua doucement Fiona.

Le magasin se fit silencieux et le seul son était la musique qui sortait des haut-parleurs et une voiture qui passait dehors de temps en temps.

— Oh.

Julie se dit que ce simple mot de la femme blonde appelée Summer résumait bien la situation. Le dégoût et le mépris envers la femme que Julie avait été dans cette jungle tropicale étaient parfaitement tangibles.

— Que faites-vous ici ? demanda brusquement une femme aux cheveux noirs. Vous possédez ce magasin ? Je pensais que vous viviez à Washington ?

Julie hocha la tête.

— Oui. J'ai juste ouvert le mois dernier. J'ai déménagé ici. J'avais besoin de changement.

— Euh, eh bien, j'ai oublié que j'avais un rendez-vous. Désolée, mais il faut qu'on y aille.

Cette fois, c'était la brune qui était venue avec Summer et Caroline qui s'était exprimée. Les autres femmes acquiescèrent et elles se dirigèrent toutes vers la sortie, remettant les affaires qu'elles avaient choisies sur une table près de la caisse.

— Je suis désolée ! répéta Julie avant qu'elles ne puissent quitter le magasin et ne jamais revenir. Je suis vraiment désolée. Je me suis comportée comme une connasse. J'avais peur et je me suis vengée sur toi. Rien ne peut excuser les choses que j'ai dites ou ce que j'ai fait. J'ai été horrible et tu ne le méritais absolument pas. J'espère que tu vas bien... et même si je vivais centenaire, je ne me pardonnerais jamais ce que j'ai fait là-bas.

Fiona ne répondit rien, mais son amie si. Alabama mit les mains sur ses hanches et se tourna vers Julie.

— Fiona nous avait raconté un peu de ce qui s'est passé pendant que vous étiez dans la jungle, mais je crois qu'elle ne nous a pas tout dit, à en juger par vos pitoyables petites excuses.

Elle laissa tomber les bras contre elle et fit un pas en direction de Julie. Caroline la saisit par le bras avant qu'elle ne puisse s'approcher davantage.

— Du calme, Alabama.

Celle-ci se tourna vers Julie et siffla :

— Vous alliez la *laisser* là-bas. Quel genre de personnes fait ce genre de choses ?

Comme Julie ne réagit pas, Alabama tourna les talons et prit le bras de Fiona.

— Viens, Fi, partons d'ici.

Julie regarda les femmes sortir du magasin l'une après l'autre. La clochette tinta quand la porte se referma derrière elles, et le silence surnaturel ne fut brisé que par la musique qui sortait des haut-parleurs. Julie pencha la tête et posa les mains devant elle sur le comptoir. Peu lui importait que ses larmes éclaboussent les papiers sur lesquels elle avait travaillé avant que les femmes n'entrent même pas cinq minutes auparavant.

— C'était un désastre, dit Julie à haute voix. Toute cette histoire est un désastre. Que suis-je en train de faire ?

Elle leva la tête, se dirigea vers la porte, la verrouilla, tourna le panneau pour annoncer la fermeture et se dirigea d'un pas raide vers l'arrière-boutique, loin de la vitrine, loin du monde.

Elle s'assit dans l'un des fauteuils et se roula en boule, serrant ses genoux contre elle. Puis elle éclata en sanglots.

CHAPITRE SIX

— Je n'arrive pas à croire qu'elle ait eu le culot d'emménager ici, rouspéta Alabama. Enfin, sérieusement !

— Je sais, et d'ouvrir un magasin là où Fiona habite ! Elle l'a traitée comme de la merde au Mexique, pourquoi est-ce qu'elle voudrait monter une affaire en Californie alors que son père réside à Washington ?

— Et c'est lui qui lui a donné l'argent pour ça. Elle est tellement gâtée !

Les commentaires méchants se poursuivirent autour de la table alors que les six femmes avaient une réunion de groupe après les événements troublants de l'après-midi. Caroline restait silencieuse pendant que les autres continuaient à haranguer

Julie et sa présence dans leur petit coin de Californie. Elle remarqua que Fiona ne disait rien non plus.

— Ça va ? lui demanda-t-elle pendant un blanc dans la conversation. Ça n'a pas dû être folichon.

— Je vais bien, lui répondit Fiona. C'est simplement que...

— Quoi ? la pressa Caroline.

Elle s'inquiétait et ne voulait pas que son amie subisse le moindre flash-back, comme par le passé. Elle était convaincue que Fiona avait dépassé ce stade, mais revoir Julie risquait potentiellement de la faire régresser dans sa guérison.

— Est-ce qu'elle t'avait paru sincère ? demanda Fiona à Caroline en la regardant bien en face.

— Sincère ? Je ne suis pas sûre...

Caroline coupa la parole à Alabama pour dire oui, avant de regarder cette dernière dans les yeux :

— Je sais que tu protèges Fiona et que tout ça t'a contrariée autant que nous, mais réfléchis-y une seconde, d'accord ?

Alabama se mordit la lèvre et attendit que Caroline continue.

— On a bien aimé Julie quand on y est allées la semaine dernière, non ?

Quand Summer et Alabama hochèrent la tête, elle poursuivit :

— Elle était drôle, polie et très ouverte. Si après avoir quitté le magasin, on nous avait demandé si on pensait que c'était une connasse, est-ce qu'on aurait dit oui ?

— Non. On l'a appréciée. C'est pour ça qu'on est toutes revenues aujourd'hui. On voulait la soutenir. On a trouvé sa boutique géniale, souffla Summer.

— Précisément, en convint Caroline. Si ce qu'elle nous a raconté est vrai, elle essaye d'aider la communauté. Jess, elle offre des robes aux adolescentes qui ne peuvent pas se permettre d'en acheter une pour le bal.

Caroline savait que ses paroles toucheraient Jessyka qui travaillait avec des ados à risques.

— Et vous savez toutes, parce qu'on en a parlé avant d'y aller aujourd'hui, qu'elle donne également des robes à des refuges pour femmes afin de leur fournir des tenues adéquates quand elles vont passer des entretiens d'embauche. Je n'arrive tout simplement pas à réconcilier cette femme-*là* avec celle qui était dans la jungle avec Fiona.

Caroline inspira profondément.

— Qu'en penses-*tu*, Fiona ?

— Je n'en ai aucune idée. Ça n'a aucun sens. J'étais là. J'ai entendu ce qu'elle a dit et vu ce qu'elle a fait. Elle a l'air pareille, mais... elle ne l'est pas. Elle n'a pas croisé mon regard une seule fois lorsque nous étions dans la jungle. Elle regardait toujours au-dessus de ma tête ou bien gardait les yeux à terre quand elle parlait. Et elle s'est accrochée fort au T-shirt de Hunter pendant tout le temps qu'a duré notre cavale.

— Mais elle voulait te laisser là-bas, Fiona, murmura Cheyenne, à qui Caroline avait raconté toute l'histoire un soir.

— Mais est-ce bien vrai ? demanda Fiona de façon presque rhétorique.

— Que veux-tu dire ? la harangua Summer.

— J'essaye de me souvenir exactement de ce qu'elle a dit quand Hunter et elle s'apprêtaient à partir, mais que quelque chose l'a fait se retourner une dernière fois.

Fiona s'interrompit et se mordit la lèvre, tentant manifestement de se remémorer les paroles qui avaient été échangées alors qu'elle était retenue prisonnière.

— Elle avait peur, tout comme moi. Elle venait à peine d'arriver et avait été récemment... euh... vous savez quoi.

Fiona ferma les yeux comme si cela allait l'aider à se souvenir des propos exacts de Julie.

— *Il faut que j'y aille. J'ai envie de partir.*

— Tu vois ? Elle voulait te laisser là-bas et s'en aller.

Fiona secoua lentement la tête et braqua de grands yeux sur ses amies.

— Non, je ne crois pas. Maintenant que j'y repense, j'ai ressenti moi aussi ce qu'elle avait ressenti dans cette hutte à ce moment-là. J'aurais tout fait pour m'en aller le plus loin possible. Mais je m'étais résignée. Elle n'en était pas encore à ce stade. Elle avait peur et voulait partir. Je dirais qu'elle ne pensait qu'à fuir les hommes qui lui avaient fait du mal.

— Tu crois qu'elle n'a pas réellement eu l'intention de te laisser, mais qu'elle ne pensait qu'à s'échapper ? essaya de clarifier Caroline.

— Oui, murmura Fiona.

— Mais pour le reste ? demanda Alabama sans rudesse. Tu nous as dit qu'elle a détesté la nourriture, s'est plainte du fait que tu subissais les effets des drogues, et même qu'elle ne s'est pas inquiétée que Hunter soit blessé ou pas.

— Je ne sais pas. Je n'étais pas dans sa tête, alors je ne sais pas ce qu'elle pensait. Mais pourquoi est-ce que je me sens soudain aussi mal à propos de ce qui vient de se passer ?

— Elle pleurait, mentionna Caroline d'une voix

douce. Quand on est toutes sorties du magasin, j'ai tourné la tête en arrière. Elle se tenait au comptoir, regardant dans le vide, et elle avait des larmes qui lui coulaient sur le visage.

Les femmes ne dirent rien, déchirées entre la pitié qu'elles ressentaient pour Julie et la colère contre tout ce qui s'était passé au Mexique avec Fiona. Puis Caroline se redressa et vint se positionner derrière son amie. Elle glissa les bras autour de sa poitrine et posa son menton sur son épaule tout en la serrant contre elle.

— Ça va aller ? Tu veux qu'on appelle le Dr Hancock pour que tu puisses lui en parler ?

Fiona fit de son mieux pour rendre à Caroline son étreinte maladroite.

— Non, ça va. Ça me fait simplement apprécier Hunter davantage pour le sixième sens qu'il semble avoir, parfois, et je remercie le ciel de m'en être sortie sans dommage permanent. Certes, j'ai toujours des flashbacks, mais je vous ai, et j'ai Hunter et le reste de l'équipe. Mais vers qui Julie peut-elle se tourner ?

Elles ne dirent plus rien, réfléchissant toutes aux paroles de Fiona.

CHAPITRE SEPT

Patrick regarda sa montre pour ce qui lui parut être la centième fois de la soirée. Dix-neuf heures. Visiblement, elle lui avait posé un lapin. Bêtement, il n'avait pas donné son numéro de téléphone à Julie, alors elle n'avait pas pu l'appeler pour l'informer qu'elle allait être en retard. Il espérait que ce ne soit pas un rejet catégorique et qu'elle ait eu une urgence ou bien qu'il se soit passé quelque chose. Après avoir dit à l'hôtesse qu'après tout, il n'allait pas dîner, il grimpa dans sa voiture et se rendit à Mission Valley.

Il savait que c'était là que se trouvait le magasin de Julie. Tex parvenait vraiment à dénicher une foule d'informations en un rien de temps. *Second souffle* était lové entre une petite librairie et une boutique qui vendait des vêtements et des jouets pour les petits. Toutes les lumières de la boutique étaient éteintes, à part les spots de sécurité qui projetaient juste assez de clarté pour dissuader les cambrioleurs éventuels.

Patrick connaissait l'adresse personnelle de Julie, mais il savait que s'il s'y présentait, il passerait vraiment pour un pervers. Pianotant sur le volant du bout des doigts, il se demanda s'il devait l'appeler ou pas. Tex lui avait fourni le numéro perso de Julie, mais il décida finalement de la laisser respirer un peu. Si elle s'était ravisée et n'avait plus envie de sortir avec lui, il n'allait pas insister.

Il ne souhaitait vraiment pas raviver de mauvais souvenirs ou provoquer le moindre flash-back. Patrick savait que Fiona en souffrait et la dernière chose qu'il aurait voulue était de mettre Julie encore plus mal à l'aise. Il soupira et murmura :

— Merde, ça craint.

Puis il s'engagea sur la route et rentra chez lui. S'il avait de la chance, elle l'appellerait peut-être le lundi pour lui expliquer ce qu'il se passait.

Julie resta roulée en boule sur son lit, se concentrant sur sa respiration. Elle venait de faire un cauchemar terrible, un qu'elle n'avait plus fait depuis long-temps. Cela dit, elle s'y était quelque peu attendue, et c'était peut-être la raison pour laquelle il s'était manifesté ce soir-là.

Elle s'éloignait de la cabane dans laquelle elle avait été retenue prisonnière et regardait derrière elle tout en suivant le soldat dans la jungle. Dans son rêve, il ne s'était pas retourné. Il n'avait pas remarqué Fiona à l'autre bout de la pièce. Il était parti avec Julie sur ses talons et ils avaient aban-donné Fiona dans la hutte. Alors qu'ils s'enfuyaient, Julie avait regardé en arrière et avait vu Fiona assise dans la pièce, un projecteur braqué sur elle. Elle était agenouillée dans un petit cercle de lumière. La chaîne lui entourait le cou et elle était complètement nue.

Julie voyait les bleus qui couvraient son corps et le sang qui s'échappait de grosses coupures sur son visage, sa tête et sa poitrine. Sa main était tendue vers Julie et elle répétait sans cesse : « Pourquoi, pourquoi m'as-tu laissée ici ? Tu savais ce qui allait m'arriver ».

Julie s'était réveillée en sursaut, tremblante et

dégoulinante de sueur. Même si elle savait que ce n'était pas ce qui s'était passé, elle ne doutait pas que cela aurait *pu* arriver. Si le soldat avait été moins aguerri, c'est ce qui se serait produit. Et cela rongeait la conscience de Julie. C'était comme si elle devait faire ces rêves de temps en temps pour lui rappeler qui elle était vraiment : une femme qui en aurait laissé une autre mener une existence horrible et probablement connaître une mort lente et douloureuse.

Ce soir-là, elle était censée sortir avec Patrick, mais elle savait qu'elle n'aurait jamais pu trouver la force d'y aller. Après avoir croisé Fiona et ses amies au magasin, il était évident qu'elles ne lui pardonneraient jamais, parce que ce qu'elle avait fait était impardonnable. Les soldats n'accepteraient jamais de l'écouter ; c'était peine perdue. Elle n'avait été qu'un boulot pour eux. Rien de plus, rien de moins. Ils étaient passés à autre chose ; elle devait le faire à son tour.

Alors elle avait posé un lapin à Patrick. Il comprendrait.

Mais Julie se sentait toujours mal. Combien de temps l'avait-il attendue ? Était-il resté assis à table en regardant sa montre, se demandant si elle allait bien ? Puis quand il avait enfin compris qu'elle n'allait pas venir, s'était-il mis en colère ? Julie pariait qu'on lui faisait rarement faux bond. Il était tellement beau. Aucune personne saine d'esprit ne lui aurait posé un lapin.

Mais c'était là le problème ; elle n'était manifestement pas saine d'esprit. Elle avait été folle de penser que tout ce qu'elle avait fait pour évoluer et changer de mode de vie pourrait contrebalancer la personne horrible qu'elle avait été.

Elle pressa les paumes de ses mains contre ses yeux et les frotta, essayant de purger de son esprit l'image horrifiante de Fiona dans la hutte, lui reprochant de l'avoir abandonnée. Enfin, elle secoua la tête et prit son téléphone portable. Même si c'était en pleine nuit, elle allait appeler Patrick et lui laisser un message. C'était la moindre des politesses. Après tout, elle était fille de politicien et en tant que tel, lui avait peut-être le droit d'être un connard autoritaire. Mais si elle, sa fille, se montrait impolie, elle s'exposait au ridicule et aux critiques de la presse, et elle ne voulait certainement pas que tout ça retombe sur son père. Elle devait simplement libérer Patrick de sa promesse.

Elle composa le numéro que Tex lui avait donné,

sachant que Patrick ne serait pas au travail et qu'elle pourrait lui laisser un message, choisissant la facilité de ne pas avoir à s'expliquer en face à face. Elle attendit impatiemment que l'annonce du répondeur se termine pour pouvoir parler. Enfin, après le bip, elle s'exprima rapidement :

— Bonjour, Patrick, c'est Julie. Désolée de ne pas être venue ce soir... J'ai eu un imprévu. Et j'ai réfléchi et je n'aurai plus besoin de votre aide pour la chose dont nous avions discuté. De toute façon, c'était une idée bête et égoïste de ma part... comme d'habitude. Merci de votre service envers notre pays. Au revoir.

C'était plutôt pitoyable comme râteau, mais au moins, c'était fait.

Elle jeta à nouveau le téléphone sur la table de chevet et se roula en boule sur le côté, serrant l'oreiller contre elle. Demain était un nouveau jour. Elle irait bien. C'était une grande ville. Elle ne reverrait plus Patrick, Fiona ou ses amies. Pas de problème.

Patrick était assis avec trois des soldats d'élite sous son commandement : Cookie, Wolf et Dude. Ils avaient discuté de l'entraînement auquel ils allaient participer pendant la semaine suivante.

— Comment ça se passe à la maison avec Caroline, Wolf ?

— Bien, mais vous ne devinerez jamais ce qui est arrivé le week-end dernier.

Patrick haussa un sourcil, attendant qu'il continue.

— Les filles ont rencontré Julie. Vous savez, la Julie du sauvetage au Mexique, quand Cookie a trouvé Fi ?

Patrick jeta un regard acéré à l'intéressé. Cookie était assis sur sa chaise, les bras croisés, l'air contrarié.

— Julie Lytle ?

— Oui.

— Et ?

— Les filles étaient en rogne. Elles se sont disputées. Caroline a dit que Julie a essayé de s'excuser auprès de Fiona, mais elles sont sorties de son magasin plutôt rapidement.

Patrick comprenait à présent pourquoi Julie lui avait posé un lapin. Son cœur se serrait pour elle, mais d'abord, il devait voir ce qu'en pensait Cookie.

— Cookie ?

— Quoi ?

— Comment va Fiona ? Elle est contrariée ?

Le soldat secoua la tête.

— Vous connaissez Fiona, elle voit le bien partout.

— Alors ça ne l'a pas affectée ?

— Je n'ai pas dit ça. Ça l'a affectée, bien sûr. Elle a fait un cauchemar ce soir-là. On en a parlé et je pense qu'elle va bien maintenant, mais je la tiens quand même à l'œil. Caroline et les autres la soutiennent. Mais après en avoir discuté, je crois qu'elle se sent mal pour Julie.

— Mal ?

— Oui. Apparemment, Julie essaye vraiment de faire une différence pour la communauté. Elle a donné de son temps et elle fait ce qu'elle peut pour aider des ados et des femmes battues et abusées.

— Qu'en pensez-vous, Cookie ?

Celui-ci haussa les épaules et se rassit sur sa chaise, appuyant ses coudes sur ses genoux.

— Je pense seulement à Fiona. Si elle veut croire que Julie a changé, alors je suis entièrement pour. Mais si elle n'a plus jamais envie de la revoir, je ferai tout ce que je pourrai pour convaincre Julie de retourner en Virginie. J'ai conscience de passer pour un connard et même si elle reste ici, c'est probable que Fiona ne la recroisera plus jamais, mais je refuse de courir ce risque. Fi signifie tout pour moi et je ferai mon possible pour m'assurer qu'elle se sente bien et en sécurité, et qu'elle ne subisse plus jamais un autre flash-back… si je peux l'empêcher.

Patrick songea aux paroles de Cookie. Certes, Julie avait beaucoup de chemin à faire afin de rentrer dans ses bonnes grâces, mais il ne pensait pas que c'était ce qu'elle souhaitait véritablement. Elle savait qu'elle ne ferait jamais copain-copine avec les soldats qui l'avaient secourue. Elle voulait simplement avoir l'occasion de s'excuser et de les remercier.

Soudain, Patrick voulut vraiment lui en donner l'opportunité.

— J'ai parlé à Julie avant que les filles la croisent, admit-il.

— Quoi ? demanda brusquement Wolf.

— Qu'est-ce que vous voulez dire, Hurt ? s'exclama Cookie en même temps.

— Qu'est-ce que c'est que cette connerie ?

La dernière exclamation provenait de Dude, probablement le plus entier des membres de l'unité. Patrick leva la main.

— Écoutez-moi.

Quand les hommes hochèrent la tête, il poursuivit :

— Tex lui a donné mon numéro. Elle a appelé pour voir si elle pouvait retrouver les soldats qui l'ont secourue, pour qu'elle puisse les remercier et s'excuser.

— Trop peu, trop tard, grommela Dude.

— Elle le sait, confirma Patrick. Elle sait qu'elle a merdé et elle aimerait se racheter. Je suis surpris que Tex lui ait donné mon numéro du bureau, mais elle n'aurait jamais trouvé quoi que ce soit sur vous ou sur la façon d'entrer en contact avec vous sans Tex. Heureusement, il m'a laissé faire office de médiateur entre vous et elle. Elle a bien plaidé sa cause au téléphone en disant vouloir vous présenter ses excuses, alors je suis allé la rencontrer. Je la crois sincère.

— Ce n'était pas cool de sa part de parler aux filles, se plaignit Cookie, sachant qu'il se montrait déraisonnable.

Ce n'était pas comme si Julie s'était arrangée pour que Fiona et les autres femmes se rendent au magasin.

— Je pense que c'était une pure coïncidence. Elle n'a absolument pas mentionné vouloir rencontrer Fiona, Cookie. Elle était désolée de ce qu'elle avait fait, mais elle n'a pas parlé de la retrouver du tout. Je ne crois même pas qu'elle sache que vous êtes mariés. Réfléchissez-y. Julie possède une boutique d'occasions qui vend des vêtements de marque. C'était évident que vos femmes allaient en entendre parler et s'y rendre. Elles auraient forcément fini par se croiser. Et Julie et Fiona ne sont pas bêtes. Je suis sûr qu'elles se sont reconnues immédiatement.

Aucun d'eux ne dit rien pendant un moment.

— Et pour jouer cartes sur table… juste pour être vraiment honnête… je l'ai invitée à sortir.

— Vous avez quoi ? Bon sang, Hurt, vous ne pouvez pas faire ça ! s'exclama Cookie en se redressant brusquement et en se penchant vers son commandant pour appuyer ses deux mains sur la table.

Patrick ignora son explosion de colère.

— Je peux et je l'ai fait, mais vous serez probablement soulagés d'apprendre qu'elle m'a posé un lapin.

En entendant les paroles de son supérieur, Cookie se rassit et se passa une main sur la tête.

— Ah oui ? demanda-t-il plus calmement.

— Oui. On était censés aller dîner samedi soir.

— Les filles l'ont croisée vendredi, dit Cookie d'une voix solennelle.

— Je le sais à présent, mais pas à l'époque. Je devine qu'après les avoir vues, elle a réfléchi à ce qu'elles se sont dit et a pensé qu'elle pourrait tout aussi bien abandonner l'idée de vous revoir.

— Cookie, avança prudemment Wolf, selon moi, ça te ferait du bien de la rencontrer. D'écouter ce qu'elle a à dire.

— Je ne sais pas, les mecs. Tu n'étais pas là. Tu n'as pas entendu les choses horribles qu'elle a balancées quand Fi comptait à rebours pour éviter de penser à ses symptômes de sevrage à cause de la merde qu'on lui avait injectée. Tu n'étais pas là quand elle a protesté parce que je n'avais pas autre chose à lui donner que des barres de céréales. Tu n'as pas vu la culpabilité dans les yeux de Fiona quand elle a cru qu'il n'y aurait pas assez de nourriture. Je ne sais vraiment pas, répéta Cookie en secouant la tête.

— Manifestement, vous allez avoir un peu de temps pour y réfléchir, lui dit Patrick. Je crois qu'il va falloir que je la joue fine si je veux essayer qu'elle accepte de me revoir.

— Elle vous a plu tant que ça ? l'interrogea Dude.

— Oui. Il y a simplement quelque chose en elle. C'est comme si c'était un terrier de cinq kilos qui tenait tête à un pit-bull de quarante. Elle est terrifiée, mais elle se comporte comme si ce n'était pas important et que rien ne pouvait la blesser.

— Alors vous vous sentez protecteur envers elle, énonça Dude. Je peux le comprendre.

Patrick en avait conscience ; le soldat se montrait très protecteur envers Cheyenne.

— Oui et non. Elle a connu l'enfer et en est ressortie à la force du poignet. Elle me fascine. La plupart des gens n'auraient pas été aussi résilients qu'elle après avoir traversé la même chose. Cookie, je sais que *vous* pouvez le comprendre. Je me dis que si elle est capable de reconnaître qu'elle s'est mal comportée et d'essayer de rectifier le tir, alors je peux admettre que je l'admire d'avoir eu la bravoure de faire ce qu'elle pense être nécessaire, et que j'ai envie d'apprendre à mieux la connaître.

— Je ne peux pas vraiment dire que je sois content à l'idée de la fréquenter si les choses se concrétisent entre vous, mais je ne suis pas non plus un connard au point de dire que je ne veux plus jamais la revoir. Je m'en remets à votre jugement, Hurt. Si vous la croyez véritablement capable de se racheter, je suis forcé de vous croire. Si ça se fait et si elle en a toujours envie, je la rencontrerai et la laisserai s'expliquer.

— J'apprécie, Cookie. Si j'arrive à la convaincre de me revoir, j'essayerai d'organiser ça.

Les hommes se redressèrent et Wolf claqua son commandant dans le dos.

— Bonne chance. Les femmes n'agissent jamais comme on s'y attend.

CHAPITRE HUIT

Pourquoi était-elle aussi maudite et ne cessait-elle de croiser les sept personnes qu'elle voulait le moins rencontrer dans sa vie ? Julie ne parvenait pas à se l'imaginer. Elle savait qu'elle devait se racheter de beaucoup de choses, mais sérieusement, c'était constant.

Une semaine après cette rencontre désastreuse au magasin, Julie avait failli emboutir Summer à la supérette. Elle s'était confondue en excuses et s'était précipitée à l'extérieur sans donner à l'autre femme l'occasion de dire quoi que ce soit.

Puis un autre jour, alors qu'elle conduisait, elle avait regardé le véhicule qui la précédait à un feu rouge et avait vu que c'était Caroline, au volant d'un break. Les amies de Fiona paraissaient être partout à la fois.

Mais ce n'était pas la fin de sa torture. Julie avait rendu visite à un autre centre pour adolescents et était tombée nez à nez avec Jessyka.

Elle était parvenue à faire la causette puis quand elle avait rencontré la directrice du centre, celle-ci lui avait expliqué que Jess était une bénévole fréquente et une amie et supportrice avide de la plupart des filles qui participaient aux activités extrascolaires.

Puis quand Julie se dit que le pire était passé et qu'elle n'allait plus croiser par hasard les gens qui savaient quelle personne horrible elle pouvait être, Patrick déboula soudain dans son magasin comme s'il était un habitué.

— Bonjour, Julie.

— Oh, bonjour.

Elle le regarda pendant un moment, et quand il n'ajouta rien, elle combla nerveusement le silence entre eux :

— Pardon pour l'autre fois. Vous aviez eu mon message ?

— Affirmatif.

— Euh, d'accord... Bon, j'ai eu un imprévu. Je suis désolée de ne pas avoir pu vous avertir. Je n'avais pas votre numéro de portable. Je pouvais simplement vous appeler au travail.

— Oui, je m'en suis rendu compte pendant que je vous attendais. Tout va bien ?

— Oui, merci.

Julie s'agita tandis que Patrick s'appuyait contre le comptoir, paraissant se mettre à l'aise. Il n'avait pas l'air de vouloir partir de sitôt.

— Vous avez perdu mon numéro ?

Euh...

— Non ?

Le mot sortit davantage comme une question que l'affirmation que Julie aurait souhaité qu'il soit.

— Hum. Ça fait deux semaines que je n'ai plus de vos nouvelles.

— Je sais... J'ai été occupée.

— Julie, je sais que vous avez rencontré Fiona et ses amies.

Elle leva la tête brusquement en l'entendant.

— Vraiment ?

— Oui. Je sais aussi que c'est pour ça que vous avez annulé notre rendez-vous.

— Bon, d'accord. Oui. C'est ça. C'est *la* raison. Je me suis rendu compte que c'était stupide de vouloir parler aux gars qui m'ont secourue. Je veux dire que c'est simplement un boulot pour eux. Ça ne leur a rien fait et...

Patrick l'interrompit :

— Comment savez-vous que ça ne leur fait rien ?

— Patrick, lui répondit-elle d'un ton désespéré, souhaitant que cette conversation se termine. C'est vrai. Une fois encore, c'est moi qui suis égoïste. Je voulais les remercier pour moi, pas pour eux. Je ne pense à nouveau qu'à moi. C'est bon. Sérieusement, est-ce qu'on peut cesser d'en parler ?

Julie ne parvint pas à soutenir son regard alors qu'il l'observait.

— Je vais oublier ça... pour le moment.

Elle poussa un soupir de soulagement et marmonna un léger juron sans pouvoir se retenir.

Cela tira un petit rire à Patrick.

— À présent que c'est derrière nous, quand allez-vous me laisser vous inviter ?

— Vous en avez toujours envie ?

Elle leva vers lui des yeux incrédules.

— J'en ai toujours envie. Et si vous me demandez pourquoi, je vais devoir faire quelque chose de drastique.

Julie sourit pour ce qui lui parut être la première fois depuis une éternité.

— Ça ne semble pas souhaitable. Alors oui, je vais sortir avec vous.

— Tout de suite.

— Quoi ?

— Tout de suite. Je vous invite tout de suite.

— Mais, je suis seule ici et je dois...

— Il n'y a personne. Il est quinze heures. Le magasin est simplement censé être ouvert une heure de plus. Mettez un mot pour dire que vous avez eu une urgence ou quelque chose de ce genre.

— Mais ce serait mentir.

Julie ne comprit pas pourquoi le visage de Patrick se fendit d'un large sourire.

— Qu'est-ce qui vous fait sourire ?

— Vous. Vous ne parvenez même pas à mentir pour prendre une heure pour faire quelque chose pour vous.

Exprimé de la sorte, c'était ridicule, en effet. Et puis ce n'était pas comme si elle avait des hordes de gens qui frappaient à sa porte pour qu'elle les laisse entrer.

— D'accord, mais... où va-t-on ?

— Je pensais qu'on pourrait se la jouer détendu, aujourd'hui. J'aimerais vous ramener à la plage. C'est l'une de mes préférées dans la région. Elle est parfaite pour surfer, le sable est agréable et il y a quelques camions de nourriture qui descendent dans les environs tous les soirs.

— Un dîner et une promenade nocturne sur la plage. Vous savez vraiment comment plaire aux femmes, le taquina Julie.

— Allons, faites ce que vous avez à faire avant de fermer. J'attendrai.

Julie referma la caisse et rédigea un mot pour s'excuser de fermer plus tôt, avant d'aller le fixer à la vitrine.

— J'ai besoin de passer à la banque pour déposer ceci, dit-elle à Patrick.

— Vous ne gardez pas un coffre-fort sur les lieux ?

Julie secoua la tête.

— Mon père me l'a déconseillé. Il y a trop de gens qui feraient n'importe quoi pour vingt dollars pour que je puisse m'y risquer. Je préfère faire l'effort d'aller déposer le liquide à la banque tous les soirs plutôt que de risquer qu'on sache que je possède un coffre et de me faire dévaliser.

— C'est sensé.

— C'est mon père qui a eu l'idée, dit Julie en haussant les épaules.

Patrick ne répondit rien, mais il lui prit la main et ils passèrent devant plusieurs autres commerces avant de s'arrêter au dépôt d'espèces à la banque. Puis il amena Julie jusqu'à sa voiture et ils se dirigèrent vers la plage.

Il eut la chance de trouver une place libre dans le premier parking dans lequel il s'engagea. Ils s'achetèrent des burritos à un camion que Patrick décrivit comme « vraiment génial », puis ils marchèrent sur le sable, un peu comme lors de leur première rencontre, mangeant leur dîner et parlant de tout et de rien.

Il y avait beaucoup de familles qui profitaient de l'air clément du soir. Les enfants jouaient dans le ressac, se laissant flotter sur des petites planches, attendant la vague suivante qui viendrait les propulser vers le sable. Enfin, au bout d'une heure de promenade et de conversation, Patrick dit qu'il devait rentrer.

— J'ai entraînement demain matin.

— Je n'arrive pas à vous imaginer souffler dans un sifflet et crier à des hommes adultes de courir plus vite, le taquina Julie.

— C'est parce que je ne reste pas debout sur le côté. Je cours avec eux.

— Vraiment ?

— Oui. Vraiment.

— Je me suis dit que vous faisiez du sport, parce que vous êtes super baraqué, mais je ne pensais pas que vous vous entraîniez avec les forces spéciales.

Patrick ricana.

— Et pourquoi pas ? Parce que je suis vieux ?

— Oh, Seigneur, non, dit Julie en rougissant. Je ne voulais pas dire ça. Et je ne sais toujours pas quel âge vous avez réellement. Cinquante-trois ans ?

— Aïe, ça fait mal. Je crois que je préférais quand vous m'en aviez donné trente-cinq. Et que vouliez-vous dire alors, si ce n'était pas à propos de l'âge ?

Elle enfonça le visage dans ses mains et secoua la tête.

— Peu importe. Alors comme ça, vous avez entraînement demain matin ?

Patrick éclata de rire et lui écarta les mains du visage.

— Vous êtes tellement mignonne. Et oui. Aux alentours de quatre heures du matin. On se retrouve sur la plage pour faire des exercices avec les futurs soldats d'élite.

Julie décela une lueur diabolique dans son regard.

— Et ça vous plaît de les torturer, n'est-ce pas ?

— Bien sûr.

— Allons, venez. On ne voudrait pas que Cendrillon se transforme en citrouille avant d'avoir pu rentrer chez elle après le bal.

Ils retournèrent au parking et Patrick lui ouvrit la portière passager, attendant patiemment qu'elle se soit installée avant de la refermer. Il la reconduisit au magasin puis, quand il s'arrêta près de la voiture de Julie, il lui dit :

— Attendez.

Julie le vit sortir et inspecter la zone avec précaution, avant de faire le tour de son côté et d'ouvrir sa portière. Il l'aida à sortir et quand il vit son regard curieux, il dit seulement :

— Je m'assurais simplement que tout soit sûr.

Julie sentit monter la chair de poule sur ses bras en l'entendant. *Je m'assurais simplement que tout soit sûr.* Cette simple phrase était probablement la chose la plus romantique qu'elle avait jamais entendue. Il était très beau parleur, ou alors il était sincère. Julie n'en était pas encore certaine.

Elle déverrouilla la portière conducteur et l'ouvrit, mais elle attendit pour s'asseoir.

— Merci pour le dîner et pour cette belle soirée.

— Je vous en prie. Mais avant que j'oublie, voici mes numéros, pour que vous n'ayez plus d'excuse pour ne pas m'appeler.

Julie prit la carte de visite que lui tendait Patrick. Il avait écrit son numéro de portable en bas, ainsi qu'un autre qu'elle reconnut comme étant de Virginie. Elle le regarda en haussant les sourcils.

— C'est le numéro de Tex.

— Ah, le fameux Tex, dit Julie d'une voix confuse.

— Oui. Si vous avez besoin de quoi que ce soit et ne parvenez pas à me joindre, vous pouvez appeler Tex. Il me retrouvera.

— Je ne vais pas appeler Tex. Je ne le connais pas.

— Peu importe que vous le connaissiez ou non. Il n'y a personne en qui j'ai plus confiance qu'en lui. Et si vous avez besoin de moi mais ne parvenez pas à me joindre, il sera absolument capable de m'aider à venir à vous.

Julie secoua la tête, exaspérée, et résista à peine à l'envie de lever les yeux au ciel, sachant d'instinct que Patrick n'apprécierait pas.

— Bon, d'accord. Amusez-vous bien à l'entraînement demain matin.

— Vous n'allez pas me donner votre numéro ?

— Ah, oui.

Elle le lui récita rapidement. Quand il ne fit pas le geste de les noter, elle lui posa la question :

— Je m'en souviens. Je n'ai pas besoin de le noter.

— Prouvez-le, le défia-t-elle.

— Qu'est-ce que j'aurai si j'ai raison ?

— De quoi avez-vous envie ?

— D'un baiser.

Julie fut surprise, mais pas contrariée.

— D'accord, un baiser.

Patrick lui récita son numéro sans même y penser. Avant que le dernier chiffre n'ait quitté ses lèvres, il avait fait un pas vers elle, la forçant à reculer contre sa voiture. Il plaça ses mains de part et d'autre de sa tête et posa les pouces sur la ligne de sa mâchoire. Julie lui saisit les deux poignets et leva la tête.

— Je vais vous embrasser, maintenant, Julie.

— Très bien, accepta-t-elle dans un murmure.

Il posa les lèvres sur les siennes et Julie se mit sur la pointe des pieds pour tenter de s'approcher de lui. Elle ne pensa pas à lui lâcher les poignets pour passer les bras autour de lui, car elle était trop occupée à essayer d'enregistrer la sensation de ses lèvres sur les siennes.

Patrick fit courir sa langue sur la commissure des lèvres de Julie, comme s'il lui demandait la permission d'entrer. Elle ouvrit la bouche avec reconnaissance et soupira lorsque Patrick glissa la langue à l'intérieur. C'était comme s'il la marquait au fer rouge. Il était dur là où elle était douce. Il était grand et elle était petite. Il était viril comparé à sa silhouette féminine.

Malheureusement, Patrick ne s'attarda pas. Ce n'était pas un baiser passionné ; c'était un baiser d'au revoir parfaitement approprié après un premier rendez-vous. Il écarta la tête d'elle, mais il ne bougea pas les mains. Il baissa les yeux vers elle un moment avant de dire :

— Ça m'a plu.

— À moi aussi, sourit-elle.

— Bon... Je vous appellerai.

— C'est d'accord.

Enfin, il laissa tomber ses mains, la forçant à le lâcher, et il la fit tourner doucement vers la voiture.

— Allez-y. On se reparle vite.

Julie s'assit et démarra. Voyant qu'il restait toujours là à la regarder, elle descendit la fenêtre et lui dit :

— J'ai passé un bon moment ce soir, je vous remercie.

— Je vous en prie. Faites attention sur la route.

— Vous aussi.

Fière de n'avoir regardé en arrière qu'une seule fois, Julie sourit durant tout le trajet jusqu'à son petit appartement.

CHAPITRE NEUF

Julie était assise dans le cercle des bras de Patrick sur son canapé alors qu'ils regardaient *World War Z*. Ils avaient passé du temps ensemble presque tous les jours depuis leur premier « rendez-vous » le mois précédent. Quant à leur relation physique, ils y allaient pas à pas, ce qui plaisait à Julie.

Certes, elle avait vécu une expérience horrible quand elle avait été kidnappée, mais elle était quasiment passée à autre chose. Son père lui avait immédiatement fait suivre une thérapie. Elle avait aussi vu quelques médecins et avait découvert qu'elle n'avait pas attrapé de maladies horribles, et elle remerciait Dieu de cette chance après l'enfer qu'elle avait traversé. Après tout, elle savait que cela aurait pu être bien pire, et elle avait choisi de se concentrer sur les points positifs au lieu de se perdre dans ce qui aurait pu mal tourner de cette expérience.

Gérer l'aspect physique d'avoir un petit ami, réalisa-t-elle, était en fait plus facile que de gérer l'aspect mental. Elle avait cru qu'il serait facile de s'ouvrir à Patrick et de lui communiquer ce qu'elle ressentait à propos d'elle-même, de lui parler des cauchemars qu'elle faisait toujours, particulièrement après leur première promenade sur la plage quand elle avait essayé de lui expliquer à quel point il était important pour elle d'être en mesure de remercier les soldats d'élite qui l'avaient secourue.

Mais après l'accueil glacial qu'elle avait reçu de la part de Fiona et de ses amies, et avoir réalisé que dire « merci » n'allait pas soudainement lui faire voir la personne qu'elle avait été sous un jour plus positif, l'envie de s'ouvrir à Patrick avait décliné. Bon sang, elle n'avait pas simplement décliné, mais complètement disparu.

Julie savait que Patrick essayait progressivement de lui faire accepter une relation physique, et elle lui en était reconnaissante. Même si en Virginie, elle avait renvoyé l'image d'une fille qui aime faire la fête, elle n'avait jamais été du genre à finir au lit avec des hommes le premier soir... ou même le second ou le troisième. Elle aimait être amie avec quelqu'un avant de se déshabiller ensemble.

Cela dit, elle était vraiment prête à sauter le pas avec Patrick. Elle l'appréciait. Il était drôle, beau et semblait sincèrement intéressé par elle. Elle lui avait même dit la semaine précédente qu'elle était prête, mais il s'était contenté de l'embrasser sur le front comme si elle avait douze ans en lui disant qu'*elle* l'était peut-être, mais que *lui* ne l'était pas. Julie aurait cru qu'elle s'était pris un vent s'il ne lui avait pas donné un baiser passionné, l'avait presque fait jouir en posant sa bouche sur ses mamelons, et si elle ne l'avait pas vu tous les jours depuis.

Patrick se pencha et coupa le son de la télévision. Julie regarda l'écran où les zombies attaquaient en silence le mur construit autour d'Israël. Elle avait la sensation que Patrick avait voulu lui dire quelque chose avant de passer à l'étape suivante de leur relation et que le moment était venu.

— Je sais que tu m'as dit que ça ne te faisait plus rien, mais j'ai parlé aux soldats qui t'ont secourue et ils ont envie de te rencontrer.

Julie se glaça. Oh, mon Dieu. Elle avait su que cela finirait par arriver tôt ou tard. Elle essaya de paraître détachée.

— C'est bon. J'ai changé d'avis. Je m'y suis résignée.

C'était un mensonge absolu, mais elle ne voulait pas gérer la possibilité qu'ils refusent ses excuses et ses remerciements comme l'avait fait Fiona.

Patrick fit tourner Julie dans ses bras et la fit asseoir sur ses genoux jusqu'à ce qu'elle se retrouve à califourchon sur lui, les bras passés autour de son cou, et qu'il puisse la regarder dans les yeux.

— Julie. Je crois que tu en as besoin. J'ai entendu ce que tu m'as dit le premier jour sur la plage.

— Vraiment, Patrick. Ça va. J'avais juste besoin…

— Ça ne va pas.

— Si, insista Julie sans grande conviction, même à ses propres oreilles.

— Tu t'es endormie sur le canapé ici la semaine dernière.

Patrick s'exprimait d'une voix basse et sincère.

— À la seconde où tu as fermé les yeux, tu as commencé à rêver. Je t'ai observée. Tu gémissais dans ton sommeil et tu répétais sans cesse : « Je suis désolée ». Tu ne t'es arrêtée que lorsque je me suis assis à côté de toi et que je t'ai prise dans mes bras. Tu ne t'es réveillée que plus tard, quand je t'ai tirée de ton sommeil exprès pour pouvoir te ramener chez toi.

Julie le regarda, consternée.

— Ça te ronge à l'intérieur. Tu en as besoin.

Elle baissa les yeux, aspirant sa lèvre inférieure dans sa bouche, et elle resta silencieuse, ignorant quoi dire.

— Qu'est-ce qui te retient ?

Julie ne voulait pas lui en parler, mais c'était un mec bien. Il avait été entièrement décent. Il l'avait encouragée quand elle avait douté d'elle-même et de ce qu'elle faisait avec le magasin, il l'avait soutenue, il avait ri avec elle, il embrassait bien et il ne l'avait jamais, absolument jamais, fait sentir comme cette connasse qu'elle avait été dans ce qui paraissait être une vie antérieure.

Plus important encore, Julie aimait bien Patrick. Si elle voulait avoir la moindre relation réelle avec lui, elle savait qu'il lui faudrait surmonter tout ça. Il était le commandant des forces spéciales, bon sang ! Si Patrick et elle restaient ensemble, elle les croiserait forcément un jour ou l'autre. C'était un miracle que cela ne soit pas déjà survenu, mais elle savait que Patrick s'était certainement arrangé pour que ça n'arrive pas.

— Et s'ils n'acceptent pas mes excuses ?

— Ils le feront, répondit Patrick immédiatement, sachant exactement de qui elle parlait.

— Fiona ne l'a pas fait, admit-elle d'une petite voix. Alors pourquoi le feraient-ils ?

— Que veux-tu dire par Fiona ne l'a pas fait ? demanda Patrick d'un ton inquiet.

Puis il mit son index sous son menton et lui fit lever la tête.

— Je sais que tu l'as rencontrée une fois, et que vous avez échangé quelques mots.

Patrick avait mentionné l'incident aux gars, et même s'il savait que cette rencontre ne s'était pas déroulée sous les meilleurs auspices, il n'avait pas conscience que les filles avaient dit quelque chose de particulièrement méchant. Il ne pensait pas que ce soit dans leur personnalité, pas après tout ce qu'elles avaient traversé.

Julie secoua la tête et mentit :

— Pas vraiment. Écoute, je n'en veux pas à ses amies. J'ai été méchante avec Fiona dans la jungle, et elle et ses amies ont tous les droits de ne pas vouloir me parler.

— Julie, j'ai parlé aux garçons. Je ne pense pas que tu le saches, même si tu t'en doutes peut-être, mais Fiona est mariée au soldat qui vous a sorties de la forêt. Je lui ai parlé. Cookie sait que tu as vu Fi et que tu t'es excusée. Il me l'aurait dit si elle avait toujours du ressentiment envers toi.

— J'ai deviné qu'ils étaient mariés, dit Julie doucement, sentant la boule dans son ventre devenir de plus en plus forte. Mais je crois que c'est simplement quand je l'ai vue que j'ai réalisé qu'elle avait épousé le soldat qui nous avait sauvées.

— Effectivement, confirma Patrick.

— Je ne vais pas lui parler, et à aucun des autres non plus, énonça Julie d'un ton résolu.

— Julie, tu...

— Non !

Elle se débattit pour se relever des genoux de Patrick, soulagée quand il la laissa partir.

— Je ne peux pas. Elle était contrariée de me voir. Je sais que son mari doit être en colère contre moi. Je ne peux pas l'affronter, poursuivit-elle en faisant les cent pas. Je pensais que j'en étais capable... avant. Mais maintenant que je sais qu'ils sont ensemble ? Qu'ils se sont tellement rapprochés dans cette satanée jungle qu'ils sont tombés amoureux et se sont mariés ?

Elle adressa un regard à Patrick, ignorant comment mettre des mots sur ce qu'elle ressentait.

Julie ne pensait pas *vraiment* que si elle s'était moins comportée comme une connasse, *elle* aurait pu finir avec le beau soldat au lieu de Fiona, mais cette pensée ne voulait pas la quitter.

— Je devine que c'est ce qui s'est passé, n'est-ce pas ? acheva-t-elle quelque peu maladroitement.

— En gros, oui.

— Ouais... Alors je ne vais pas le faire.

— Ce sont mes hommes, dit Patrick d'une voix basse et triste. Je veux que tu sois là quand on fera des pique-niques en groupe. Je veux que tu fasses partie de ma vie au sein de la Marine. Si tu refuses de les voir, tu ne pourras pas.

Julie sentit son cœur se briser. Elle était en train de perdre une des meilleures choses qui lui soient arrivées avant qu'elle n'ait réellement pu la posséder. Mais en fait, elle était lâche. Elle ne pouvait pas se retrouver à nouveau face à Fiona. Elle ne pouvait pas affronter les reproches qu'elle voyait sur le visage de ses amies. Elle ne pouvait *pas* faire face à l'homme qui aimait Fiona, qui avait été là au Mexique et avait l'avait vue se comporter horriblement. Elle ne pouvait pas le faire.

— Je ne peux pas.

— Alors je vais te ramener chez toi. Je vais te donner le temps d'y réfléchir. On en reparle une autre fois.

Julie hocha la tête, ne ressentant rien. Elle n'au-rait jamais dû venir en Californie. Elle n'avait pas su à l'époque que c'était là où les soldats qui l'avaient secourue étaient basés, mais elle aurait dû se souvenir que la base de la Marine à proximité était la base principale des forces spéciales et que c'était une possibilité.

Patrick l'aida à enfiler son manteau et l'accompagna dehors jusqu'à sa voiture. Il lui ouvrit la portière comme il le faisait toujours et attendit qu'elle soit bien installée avant de la refermer. Il s'assit sans mot dire et la conduisit jusqu'à chez elle en silence.

Il s'arrêta sur une place de parking pour visiteurs et se tourna vers elle.

— Je t'apprécie, Julie. Je veux être avec toi. J'ai quarante-trois ans.

Il la vit se tourner vers lui pour le regarder d'un air incrédule.

— Je sais, je ne t'ai jamais dit mon âge, mais voilà. Je suis assez vieux pour savoir ce que je recherche chez une partenaire. Il y a une raison pour laquelle je n'ai jamais été marié, et c'est parce que je n'ai jamais trouvé quelqu'un avec qui je m'imagine passer le reste de ma vie... jusqu'à ce que je te rencontre. Je sais que nous avons quinze ans d'écart, mais peu m'importe.

— Patrick..., commença Julie, sans savoir ce qu'elle allait dire.

Mais elle n'eut pas besoin de dire quoi que ce soit, parce qu'il poursuivit sa tirade :

— Je sais que tu as tes propres démons, c'est pareil pour tout le monde. Tu penses qu'après avoir passé la majeure partie de mon temps au sein des forces spéciales, je n'en ai pas ? J'ai vu les pires choses que tu puisses t'imaginer, et même quelques-unes que tu ne t'imagines pas. Mais tu dois combattre tes démons, sans quoi, ils te contrôleront. Et, ma belle, ils sont en train de te dépasser. Je l'ai vu au cours du mois qui vient de s'écouler. Quand tu m'as appelé au début, je n'ai pas voulu te rencontrer, mais tu as insisté. Tu étais tellement certaine de ce dont tu avais besoin pour tourner la page. Et pourtant, au premier signe d'adversité, tu as laissé tomber. Et je sais que ce n'est pas toi.

— C'est pourtant moi. Tu n'étais pas là, tu n'as pas...

— Je n'étais pas là, l'interrompit Patrick sans hésitation, mais j'ai connu des situations similaires. Je suis allé dans divers pays afin de secourir des victimes d'enlèvement. Certains étaient cool, d'autres étaient terrifiés, et d'autres encore étaient combatifs et hostiles. Je l'ai *vu*. Mais, Julie, tu m'as dit toi-même que tu n'es plus la personne que tu étais à l'époque. La Julie assise devant moi me plaît vraiment. Est-ce que tout le monde sur cette terre va t'aimer et vouloir être ta meilleure amie ? Non. J'ai des ennemis. Je peux me montrer très dur et je connais des soldats partout dans le pays qui ne me pleureraient pas s'ils apprenaient que j'avais soudainement cassé ma pipe. Mais, Julie, c'est *leur* problème, pas le mien. J'ai des amis, de bons amis. Je suis content de l'existence que je mène. Si c'était à refaire, est-ce que je referais tout pareil ? Bien sûr que non, mais ça fait partie de la vie. Apprendre de ses erreurs et passer à autre chose. Je veux que tu continues de vivre avec moi. Mais pour ça, tu vas devoir faire ce que tu es venue ici pour faire : t'excuser et remercier mes hommes. Et leur réaction les regardera *eux*, pas toi.

— Mais ce sont tes hommes.

— Certes. Et je les connais. Tu penses que je te donnerais ces conseils si je pensais qu'ils puissent te faire du mal ? Certainement pas. Mais tu dois me faire confiance... et à eux aussi. Plus important encore, tu dois faire ce dont tu as besoin pour tourner la page. Et devant Dieu, Julie, je veux que tu sois capable de passer à autre chose à mes côtés. J'aimerais vraiment qu'au lieu de devoir te réveiller pour te ramener chez toi, je puisse te réveiller avec des baisers et te porter jusque dans notre chambre, où je m'assurerais que tu dormes sur tes deux oreilles toutes les nuits. Je ne désire rien de plus que d'apprendre tous les secrets de ton ravissant petit corps, de te goûter, d'entendre les bruits que tu feras quand je m'enfoncerai profondément en toi, mais je ne peux pas le faire tant que je ne serai pas certain que tu es avec moi. Tant que je ne saurai pas que cette relation est viable.

— Patrick, dit Julie dans un quasi-gémissement.

— Je sais que je ne joue pas vraiment franc-jeu, mais je n'ai pas envie de mâcher mes mots. Tu me plais. J'ai envie de toi. Mais tu as besoin de te pardonner, puis de laisser mes hommes te pardonner. Il y a un pique-nique professionnel à La Jolla ce week-end. Ils sont généralement à Coronado, mais tout le monde voulait changer. J'aimerais bien qu'on s'occupe de ces excuses à l'avance, pour que tu puisses me rejoindre et qu'on puisse tourner la page ensemble.

Il attendit un instant puis dit d'une voix basse et urgente :

— J'ai l'impression que tu es la femme idéale pour moi, Julie. Je sais qu'on ne s'est pas rencontrés dans des circonstances normales, mais je remercie Dieu tous les jours que tu aies rencontré quelqu'un en contact avec un soldat d'élite en Virginie. Je dirais que c'est fantastique qu'il connaisse Tex, mais Tex connaît tout le monde. Tex joue un rôle important dans la vie de mes hommes et il a participé au sauvetage de toutes leurs femmes. Il ne t'aurait pas donné mon numéro s'il avait pensé que tes intentions seraient néfastes à Cookie, Fiona ou aux autres hommes et femmes qu'ils aiment. Je t'en prie, ma belle. Sois là samedi. Il faut le faire pour qu'on puisse entamer le reste de notre vie ensemble.

Il regarda Julie pendant un moment, puis se tourna et descendit du siège conducteur. Il lui tint la portière et une fois qu'elle fut sortie, il se pencha et l'embrassa sur le front. Il n'essaya pas de la toucher, de la peloter un peu ou même d'envisager d'aller plus loin.

— Dors bien, et je suis sincère, Julie. J'espère te voir dans quelques jours.

Patrick lui pressa les épaules puis il s'en alla.

Julie regagna son appartement dans une sorte de transe. Tout ce que lui avait dit Patrick était gravé dans son esprit au fer rouge.

Il avait raison. Elle le savait, mais elle comprenait que si elle venait pour parler à ses hommes samedi, ce serait une des choses les plus difficiles qu'elle aurait à affronter de toute sa vie, et elle n'était pas certaine qu'elle avait cela en elle, pas même pour

Patrick. Non seulement elle allait s'ouvrir à ses hommes, risquant ainsi qu'ils la traitent au mieux avec indifférence et au pire avec critique, mais elle exprimerait également à Patrick sans confusion possible qu'elle aussi souhaitait être avec lui.

Elle ne savait honnêtement pas si elle en était capable.

CHAPITRE DIX

Le jour suivant, Julie s'extirpa de son lit, consciente qu'elle ne serait pas capable de dormir plus que les trois heures qu'elle avait réussi à dérober entre ses cauchemars. Elle enfila son maillot de bain, un short et un T-shirt. Puis elle mit une paire de tongs roses et prit de la crème solaire, une serviette et son téléphone. Elle monta dans sa voiture et se rendit à *Second souffle* pour accrocher un panneau qui disait « Fermé pour cause de maladie » pour la première fois depuis qu'elle était arrivée en Californie. Elle avait besoin d'une journée à elle afin de réfléchir à ce qu'elle voulait faire de sa vie.

Une fois cela fait, elle se rendit à la plage. Elle aimait nager et était d'ailleurs très douée. En Virginie, elle allait à la piscine et s'exerçait à faire des longueurs presque tous les jours. Elle était en Californie du Sud, elle avait besoin de soleil et de sable. C'était censé guérir tous les problèmes.

Elle se gara à la plage populaire de La Jolla, sachant qu'elle l'avait choisie en partie parce que c'était là où elle avait rencontré Patrick, et elle se dirigea vers une section où beaucoup d'autres gens se faisaient bronzer et passaient du bon temps. Elle ne voulait pas être seule et rester au milieu de familles et d'autres personnes qui profitaient de leur journée à la plage lui paraissait être un endroit où elle aurait aimé passer du temps.

Elle étendit sa serviette sur le sable et retira ses vêtements. Puis elle s'allongea sur le sable et essaya de se détendre. Elle ferma les yeux et passa en revue différents scénarios dans sa tête. Elle repensa à la scène qui s'était déroulée dans sa boutique avec Fiona et ses amies. Et pour être honnête, elle ne leur reprochait absolument pas de s'être comportées comme elles l'avaient fait.

Elle avait été prise de court par sa rencontre impromptue avec Fiona, mais si *elle* avait été traitée aussi mal que Fiona l'avait été, puis s'était retrouvée face à face avec sa tortionnaire, elle savait qu'elle aurait réagi de la même façon que Fiona et ses amies. Et en toute honnêteté, Fiona ne lui avait pas renvoyé ses excuses à la figure ; elle s'était contentée de la dévisager, abasourdie.

Julie se demanda pour la première fois depuis cette journée horrible si elle pouvait parvenir à convaincre Fiona de l'écouter si elle réessayait. Elle savait qu'elles ne seraient jamais les meilleures amies du monde, mais ce n'était pas grave. Si Julie voulait être avec Patrick, vraiment être avec lui, il faudrait bien qu'elles se voient de temps en temps.

Julie ne savait pas si le commandant passait du temps avec les forces spéciales ou pas. Elle se disait qu'ils n'étaient peut-être pas très intimes. S'il devait les envoyer dans des missions difficiles et prendre des décisions qui affectaient leurs vies, il était proba- blement plus une connaissance professionnelle qu'un ami personnel. Toutefois, il avait laissé entendre que les forces spéciales étaient comme sa famille. Elle serait certainement capable de tolérer de voir Fiona et ses amies de temps en temps, parti- culièrement si elle n'avait pas à s'inquiéter de s'inté- grer dans ce qui était de toute évidence leur cercle intime, mais si elle devait passer souvent du temps avec, elle n'en était pas si certaine. Ce serait proba- blement douloureux pour Fiona et assurément gênant pour elle.

Puis il y avait les soldats eux-mêmes. Elle ne

s'était vraiment pas présentée sous son meilleur jour devant eux, mais les hommes étaient généralement plus doués pour oublier leurs rancunes et tourner la page. Sans compter le mari de Fiona, les autres parviendraient peut-être à lui pardonner d'avoir été une connasse. Elle devrait faire plus d'efforts pour montrer à Cookie qu'elle avait changé et qu'elle n'était plus cette personne horrible qu'il avait rencontrée dans la jungle, mais elle en serait peut-être capable.

Julie avait conscience que quelque part entre la nuit précédente et ce matin-là, son attitude avait changé, mais elle avait longuement réfléchi à ce que Patrick lui avait dit la veille. Elle en était venue à la conclusion qu'il avait raison. Et plus que cela, elle aussi voulait être avec lui. Et si cela signifiait qu'elle devait être une grande fille, s'excuser et faire face à ce que les soldats risquaient de lui dire, elle le ferait. Patrick était important pour elle. Elle ne savait pas pourquoi cela s'était déroulé aussi vite, et pourtant...

En plus, elle avait besoin de passer à autre chose, et c'était la raison pour laquelle elle avait déménagé en Californie. Les cauchemars avaient augmenté depuis qu'elle avait vu Fiona, et il était évident qu'elle avait besoin de tourner la page. Que tous ces gens lui pardonnent était quasiment devenu secondaire. Elle ferait de son mieux, et il faudrait que cela soit suffisant pour sa psyché.

Julie était en train de se détendre, appréciant sentir la chaleur du soleil et la brise qui venait de l'eau, et satisfaite de ses plans pour le futur, quand elle entendit le premier cri. Elle l'ignora, se disant que c'étaient des enfants qui s'amusaient dans le ressac.

Quand d'autres cris lui parvinrent, ils semblaient plus paniqués que le premier. Julie se rassit et ouvrit les yeux, les protégeant du soleil avec une main. Il y avait à peu près vingt adolescents dans l'eau qui criaient et battaient frénétiquement des bras en appelant au secours.

Julie regarda autour d'elle. Trois maîtres-nageurs couraient vers l'océan. Elle savait qu'il leur serait impossible d'aider tous les gens dans l'eau. Ils avaient besoin d'une assistance supplémentaire.

Julie prit son téléphone quasiment sans y penser. Elle l'ouvrit et appuya sur le bouton du répertoire. Elle cliqua sur le nom de Patrick et regarda la scène horrible qui se déroulait devant ses yeux avec une boule dans le ventre.

Les gamins étaient pris dans une grosse lame de fond qui les entraînait de plus en plus loin du rivage. Julie avait tout appris des lames de fond l'année précédant son enlèvement. Elle avait fait un voyage en Floride avec des amies et en avait vu une petite là-bas. Le maître-nageur s'était précipité et avait ramené sain et sauf sur le rivage l'homme qui s'était fait emporter. Il avait alors donné à la foule impressionnée une leçon sur les lames de fond, ce qui les causait et, plus important encore, que faire si on se retrouvait pris dedans.

Et malheureusement, les gamins dans l'eau étaient en train de faire précisément ce qui était déconseillé. Ils paniquaient et essayaient de revenir directement vers le rivage à la nage. Mais personne n'aurait la force de lutter contre le courant et de revenir là où ils avaient pied. La seule chose qu'ils faisaient était de s'épuiser et d'augmenter le risque de se noyer.

Enfin, alors que Julie pensait que Patrick n'allait pas répondre et qu'elle allait être obligée d'appeler le mystérieux Tex, elle l'entendit dire :

— C'est le commandant Hurt à l'appareil.

— Oh, Dieu merci ! Patrick, c'est Julie.

— Qu'est-ce qui ne va pas ?

Elle lui était reconnaissante d'aller droit au but.

— Je suis à la plage de La Jolla et il y a une lame de fond. Une grosse. Il y a à peu près vingt gamins qui sont pris dedans et il n'y a que trois maîtres-nageurs. Je ne sais pas ce que tu peux faire de là où tu es, mais je me suis dit que peut-être...

— Je m'en occupe. Reste hors de l'eau. Tu m'entends ?

— Euh, dépêche-toi, Patrick. Ça a l'air vraiment grave.

— D'accord. On se parle plus tard.

— À bientôt.

Julie raccrocha et se redressa, se balançant d'un pied sur l'autre. Elle se mordit l'ongle, espérant devant Dieu qu'elle n'aurait pas à regarder les gamins disparaître pour toujours. Leurs têtes devenaient de plus en plus petites alors qu'ils se faisaient entraîner de plus en plus loin vers le large.

— Johnnie !

Julie se tourna en entendant le cri aigu. Une femme était en train de se précipiter dans l'eau pour essayer frénétiquement de rattraper son enfant qui s'était aventuré juste un peu trop loin. Julie aurait voulu rabrouer cette mère qui aurait dû surveiller son gamin de plus près. Qui laissait son enfant aller dans l'océan alors qu'il se passait visiblement quelque chose ?

Agissant sans réfléchir, elle laissa tomber son téléphone sur sa serviette et courut vers le petit garçon. Elle parviendrait peut-être à le rattraper avant qu'il ne se retrouve aspiré par l'océan. Elle courut devant la femme hystérique en lui criant :

— Je vais le chercher !

Puis elle plongea dans l'eau et se mit à nager aussi vite que possible vers le petit garçon en panique.

Bloquant sa propre peur et sans penser au danger dans lequel elle se mettait, Julie fendait l'eau en un crawl rapide. Très vite, elle se sentit emportée par la lame de fond. Mais celle-ci l'aida à se propulser plus rapidement vers l'enfant. Sa tête plongeait et émergeait de l'eau et il était clairement paniqué. De petites vagues le submergeaient de temps à autre et il avait dû avaler de l'eau salée. Elle s'approcha enfin assez près pour pouvoir attraper son bras qui battait l'air. Comme la plupart des gens qui se noient, il s'accrocha à son cou des deux bras et essaya de grimper sur elle, vers le précieux oxygène dont son corps avait besoin, manquant lui faire boire la tasse dans le mouvement.

Julie baissa la tête comme on lui avait appris à faire pendant un cours de secourisme il y a longtemps et elle se laissa couler sous l'eau, s'assurant d'attraper le garçon. Il la lâcha immédiatement afin de rester en surface et Julie fut capable de le faire retourner afin qu'il lui tourne le dos. Elle remonta le long de son corps jusqu'à ce que sa tête ressorte de l'eau. Passant un bras autour de lui, elle l'attira contre elle, le serrant contre sa poitrine alors qu'elle battait l'eau avec ses jambes et son bras libre.

— Je te tiens, ça va. Détends-toi. Ne résiste pas. Arrête de te débattre.

Enfin, ses paroles semblèrent faire effet et le garçon se détendit. Il s'accrochait toujours des deux mains au bras qu'elle avait enroulé autour de sa poitrine, y enfonçant ses petits ongles, mais il avait arrêté de se débattre. Julie ignora la douleur dans ses bras et scruta les environs pour la première fois depuis qu'elle était entrée dans l'eau.

Son ventre se serra ; ils étaient vraiment loin du rivage.

Résolument, elle regarda autour d'elle. Elle savait que la meilleure façon de sortir d'une lame de fond était de nager parallèlement au rivage. Ils finiraient bien par se libérer du courant puissant qui essayait de les entraîner au large, mais elle ne savait pas quelle distance elle devrait parcourir à la nage ni où ils se retrouvaient quand ils seraient capables de se libérer de l'emprise de l'eau.

Julie ne pensait pas à elle, à son père, à sa situation avec Fiona ou aux forces spéciales ; elle ne pensait même plus aux choses horribles qui lui étaient arrivées quand elle avait été enlevée. Elle était complètement concentrée sur le petit garçon dans ses bras et sa mission de les ramener tous les deux vers la plage.

— Comment t'appelles-tu ? lui demanda-t-elle.

Elle savait que c'était Johnnie, mais elle voulait garder son attention braquée sur elle plutôt que sur ce qui se passait autour de lui.

— J-J-Johnnie.

— Moi, c'est Julie. Hé, nos deux noms commencent par la lettre J. C'est cool, non ?

— Oui, dit Johnnie avec incertitude.

— Quel âge as-tu ?

— Cinq ans.

— Cinq ans ? Alors tu vas probablement à la maternelle, non ?

— Oui.

— Tu as déjà pris des leçons de natation ?

— Oui.

Il sourit pour la première fois depuis que Julie avait commencé à lui parler.

— Je nage bien. Même mon prof le dit.

— Alors tu sais comment faire la planche ?

— Faire la planche c'est pour les bébés.

Julie ne put s'empêcher de sourire.

— Eh bien, alors voilà ce qu'on va faire. Je vais te lâcher et...

— Ne me lâche pas ! s'écria Johnnie en enfonçant ses ongles dans ses bras, plus fort cette fois.

— Johnnie, écoute-moi ! Je ne vais pas te laisser t'éloigner de moi. Je vais seulement retirer mon bras de ta poitrine pour que tu puisses t'allonger sur le dos. J'ai besoin que tu te laisses flotter sur le dos pour moi. Je ne vais pas te laisser ici. D'accord ?

— D'accord. Mais ne me lâche pas.

— Je ne le ferai pas. Maintenant, lâche mon bras et allonge-toi. Je suis là avec toi.

Elle fut soulagée quand il lui obéit et fit maladroitement basculer sa tête en arrière pour regarder vers le ciel. Julie battit plus fort des pieds et plaça ses deux mains sous lui, l'une sous ses épaules et l'autre au creux de son dos. Elle savait qu'elle ne pourrait pas nager sur place à côté de lui pendant très longtemps, mais elle avait d'abord besoin qu'il se sente à l'aise. Julie essaya de décider de son plan d'action. Le petit corps de Johnnie était rigide et il ne faisait pas exactement la planche, mais elle se dit que ça irait.

— C'est bien. Tu fais très bien la planche, Johnnie. Je suis fière de toi. Maintenant, j'ai besoin d'une de tes mains qui sont derrière ton dos pour m'aider à nager, alors tu ne sentiras que l'une d'elles. Mais je reste ici, je ne vais pas te lâcher.

— D'accord, Julie, je te fais confiance.

Julie poussa un soupir de soulagement. Dieu merci, parce qu'elle avait véritablement besoin d'une main pour nager. Elle battit des jambes et tenta un mouvement de bras. Jusque-là, tout allait bien. Elle se déplaçait en biais. Elle ne savait pas combien de temps il leur faudrait pour sortir de la lame de fond, mais toute progression en biais valait mieux que de se laisser emporter vers l'océan sans fin.

Lentement mais sûrement, Julie les fit avancer sur le côté, regardant le rivage devenir de plus en plus petit. Seigneur Dieu, elle ne savait pas que les courants de fond pouvaient s'étendre sur d'aussi longues distances. Elle pensait qu'ils allaient jusqu'à une certaine distance du rivage, puis qu'ils s'arrêtaient. Elle s'était manifestement trompée.

Mais alors qu'elle se disait qu'ils ne parviendraient jamais à se libérer de l'emprise que l'océan avait sur eux, elle sentit la pression de l'eau diminuer. Elle continua de battre des pieds et de se déplacer avec son bras jusqu'à ce qu'elle soit sûre qu'elle ne luttait plus contre le courant puissant. Dieu merci !

— Devine quoi, Johnnie ?

— Quoi ?

— On va commencer à retourner vers la plage. Qu'est-ce que tu en dis ?

— D'accord. Je veux ma maman.

— Je sais, et tu es très courageux.

Julie réalisa alors qu'elle n'avait absolument pas peur. C'était bizarre comme, lorsqu'on essayait de sauver quelqu'un d'autre, on n'avait pas peur pour soi-même. Elle se demanda vaguement si c'était cela que ressentaient les soldats quand ils étaient en mission.

Une autre pensée la frappa. La peur que ressentait Johnnie – et il lui avait fait mal quand il avait eu peur – n'avait pas la moindre espèce d'importance. Elle allait faire de son mieux pour lui de toute façon.

Ce fut une épiphanie, mais elle n'eut pas le temps de s'y attarder.

— Tu veux essayer de te reposer un peu, Johnnie ?

Julie avait besoin de faire une pause. Revenir jusqu'au rivage à la nage était encore loin et même si elle avait envie d'y retourner, elle savait que si elle ne se reposait pas pendant une seconde, elle aurait des problèmes.

Elle aida Johnnie à se mettre en position verticale et garda la main sur son coude alors qu'elle battait des jambes.

— Je suis fatigué.

— Je sais, mon chéri, et je vais te ramener aussi vite que possible.

— Mais je veux y retourner tout de suite, se plaignit Johnnie d'un ton capricieux.

Julie se dit que la pause était finie. Elle avait été trop courte, mais le petit garçon était manifestement trop fatigué pour nager sur place pendant plus longtemps.

— D'accord, Johnnie. Allonge-toi et bats des pieds. Je vais nous ramener au rivage aussi vite que possible.

Le petit garçon continua à se plaindre alors que Julie s'accrochait à lui et luttait pour le ramener lentement vers la terre ferme.

— Est-ce qu'on est arrivés ? Je veux ma maman !

Julie se sentit impuissante en voyant les larmes couler de son petit visage et disparaître lentement dans les eaux bleues de l'océan.

Elle leva la tête en entendant le bruit d'un moteur au loin. Seigneur Dieu ! La cavalerie était arrivée ! Quatre bateaux se dirigeaient vers elle. Ils filaient sur l'eau. S'ils avaient été sur terre, ils auraient sûrement été en excès de vitesse. Mais pour le moment, Julie savait qu'elle n'avait jamais rien vu d'aussi beau.

Elle se tourna pour essayer de déterminer où elle avait échappé au courant et elle fut surprise de voir des têtes qui émergeaient de l'eau relativement loin d'elle. Les bateaux filèrent devant l'endroit où Johnnie et elle se trouvaient pour se diriger vers les adolescents qui avaient été emportés les premiers.

— Pourquoi sont-ils passés devant nous ? On va mourir ? Je veux ma maman ! s'écria Johnnie.

Julie vit qu'il avait tourné la tête et regardait les bateaux de sauvetage qui filaient au loin.

— Ils vont revenir nous chercher. Il y a des gens qui sont plus en difficulté que nous. Des gens qui ne savent pas faire la planche aussi bien que toi, mon grand. Continue de te laisser flotter et ils vont revenir.

Julie espérait vraiment ne pas mentir. La plage semblait très lointaine et elle savait que ses forces déclinaient. Elle ne savait honnêtement pas si elle serait en mesure de les ramener tous les deux vers le rivage.

Patrick gardait les yeux braqués sur l'eau devant eux alors que Cookie filait à travers les vagues. Dès qu'il avait raccroché après l'appel de Julie, il avait mobilisé son unité. Par chance, ils se trouvaient à la plage d'entraînement des forces spéciales, à montrer des manœuvres à des recrues.

Patrick avait couru vers eux en criant des ordres.

— Ce n'est pas un exercice ! Lame de fond à la plage de La Jolla. Au moins vingt personnes sont emportées.

L'équipe s'était mise en mouvement avant qu'il n'ait achevé sa phrase. Patrick était le seul sans équipement adéquat, mais personne ne lui fit de réflexion. Son uniforme de combat en camouflage bleu et gris était approprié au bureau, mais pas vraiment pour une mission sur l'océan. Sans s'en préoccuper, il monta dans un radeau avec Cookie tandis que Wolf et les autres se répartissaient entre deux autres embarcations. Deux autres instructeurs présents sur la plage grimpèrent dans le dernier radeau et ils partirent sans savoir exactement quelle était la situation, seulement que si le commandant avait déboulé sur la plage en criant qu'il y avait une lame de fond, ce devait être sérieux.

Patrick informa Cookie et Wolf de ce qu'il savait alors qu'ils filaient sur l'eau, pliant les jambes pour compenser les mouvements de l'embarcation et des vagues comme si c'était une seconde nature.

— Comment avez-vous su aussi rapidement ? l'interrogea Wolf.

— Julie m'a appelé. Elle était là quand c'est arrivé.

— C'est intelligent de sa part, la complimenta Wolf.

Quand ils parvinrent à la plage de La Jolla, ils virent quelques maîtres-nageurs sur des jet-skis dans la direction où ils se rendaient. Ils ramenaient certains des adolescents vers le rivage.

L'unité des forces spéciales leur prêta immédiatement assistance, faisant monter dans leurs radeaux autant de gens qu'ils pouvaient trouver. Les surfeurs étaient tous terrifiés et quelque peu déshydratés à cause de l'eau salée qu'ils avaient avalée et de leur séjour prolongé au soleil, mais généralement, tout allait bien. Ils avaient eu de la chance.

Wolf, Cookie et Hurt furent les premiers à retourner jusqu'au rivage avec leurs chargements de nageurs secourus. Ils furent accueillis par une foule immense de gens inquiets, terrifiés et curieux. Alors que les gamins descendaient du radeau des forces spéciales, une voix paniquée résonna au-dessus du chaos environnant.

— Où est mon bébé ? Vous l'avez retrouvé ?

Pensant que la dame qui les interpellait cherchait son adolescent, Cookie tenta de la rassurer :

— Les autres embarcations récupèrent les autres. Je suis sûr qu'il sera bientôt là.

— Mais c'est juste un bébé. Il sait nager, mais pas très bien. Il n'a que cinq ans !

— Cinq ans ? l'interrogea brusquement Patrick.

— Oui ! Je regardais la scène et je n'ai pas réalisé qu'il était entré dans l'eau. Il a toujours été curieux à propos des maîtres-nageurs et il prend des leçons de natation. Il a dû vouloir voir de plus près ou il a pensé qu'il pouvait se rendre utile. Le courant l'a emporté loin de moi avant que je ne puisse l'atteindre. Une femme est partie le chercher, mais je ne l'ai pas vue descendre d'un des bateaux non plus. Vous devez le retrouver ! C'est mon fils unique ! Je vous en prie !

Patrick, mal à l'aise, regarda autour de lui et ne vit Julie nulle part.

— Une femme est allée le chercher ? Qui ?

— Je ne la connais pas. Elle m'a juste dit de rester ici puis qu'elle allait le récupérer pour moi.

Patrick se tourna vers ses hommes.

— J'ai un mauvais pressentiment.

Wolf ne dit rien, mais après avoir aidé le dernier nageur à descendre, il remonta immédiatement sur le bateau, Patrick sur ses talons. Cookie poussa le radeau pneumatique au moteur puissant en arrière jusqu'à ce qu'il y ait assez de profondeur pour faire demi-tour, puis il bondit à l'intérieur. Wolf mit les gaz et se dirigea vers le large.

Patrick et Cookie scannèrent la surface de l'océan avec leurs jumelles. Ils ne virent personne d'autre dans la zone où les surfeurs et les nageurs avaient été localisés.

— Élargissons le périmètre de recherche, ordonna Patrick. Je ne sais pas si elle connaît quelque chose sur les courants, mais si c'est le cas, elle aura essayé de nager parallèlement au rivage pour essayer d'en sortir. Ça doit être la raison pour laquelle ils n'étaient pas dans la zone avec les autres. Ils peuvent se trouver n'importe où à droite ou à gauche de la zone principale du courant.

Personne ne voulut mentionner la possibilité qu'elle et le petit garçon disparu aient pu se noyer, mais tous les hommes y pensèrent.

Wolf coupa le moteur et prit des jumelles. Cookie regarda à droite et Wolf et Patrick se tournèrent vers la gauche. Ils scannèrent la surface de l'océan pour essayer de repérer la moindre anomalie. Repérer la tête d'une personne parmi les vagues était quasiment impossible. Ils le savaient tous, mais aucun d'eux ne dit quoi que ce soit.

Enfin, Wolf dit calmement :

— J'ai peut-être quelque chose.

Cookie laissa immédiatement tomber ses jumelles et attrapa le gouvernail pour le tourner vers la gauche et se diriger vers la zone que Wolf et Patrick avaient scannée du regard.

— Tourne à onze heures, ordonna Wolf à Cookie. Oui, par là. Droit devant. On va s'approcher de ce que j'ai vu.

Patrick laissa retomber les jumelles qu'il avait collées à ses yeux, préférant voir de ses propres yeux ce que Wolf avait aperçu et priant pour que ce soit Julie.

Le bateau se rendit lentement vers le point sombre dans l'océan. Alors qu'ils se rapprochaient, ils virent tous distinctement une tête brune qui montait et descendait. Puis un bras se leva et leur fit signe.

Dieu merci.

* * *

— Hé, Johnnie, regarde ! dit Julie d'un ton enjoué. Un radeau !

— Un radeau ! Où ça ? demanda Johnnie, si excité qu'il s'assit immédiatement.

Julie avala une gorgée d'eau salée alors qu'elle luttait pour essayer de garder la tête du garçon au-dessus de la surface de l'eau.

— Je suis trop fatigué, gémit-il en s'accrochant au cou de Julie.

Elle battit des jambes plus vite pour qu'ils conservent tous les deux la tête hors de l'eau. Elle tenait Johnnie comme s'ils étaient debout sur le sol. Elle avait passé une main sous ses fesses et il avait les deux jambes autour de sa taille et les deux bras autour de son cou. Elle se servait de sa main libre pour leur permettre de flotter.

En repensant à la protestation de Johnnie, Julie

était d'accord. Elle aussi était fatiguée. Épuisée, même, mais elle pouvait tenir encore une minute jusqu'à ce que la petite embarcation les atteigne. Ça serait nul de faire défaut au petit garçon maintenant.

Enfin, après ce qui lui parut être des heures, mais n'avait duré en réalité que quelques secondes, le radeau les atteignit.

Il semblait bien plus grand à présent qu'il était là que lorsqu'il était loin. Plus tôt, elle l'avait vu s'éloigner du rivage et s'arrêter net. Elle s'était demandé ce qu'ils faisaient, mais avait croisé les doigts pour qu'ils scannent la zone pour trouver d'autres personnes. Elle avait levé le bras, espérant qu'ils la voient. Puis elle avait poussé un soupir de soulagement quand manifestement, ils l'avaient repérée.

Elle leva la tête et fut choquée de voir le visage de Patrick les regarder elle et Johnnie.

— Salut !

Si elle avait eu l'énergie et une main libre pour se frapper le front, elle l'aurait fait. « Salut ». C'était ce qu'elle venait de dire à l'homme avec lequel elle avait songé à passer le reste de sa vie après qu'il eut quasiment rompu avec elle, et après avoir passé une heure à battre des pieds dans l'océan, sans savoir si elle regagnerait un jour la terre ferme... Seigneur Dieu, quelle empotée !

— Comment s'appelle-t-il ? demanda Patrick d'une voix professionnelle.

— Johnnie.

— Hé, Johnnie. Je suis Hurt. Les gars avec moi sont Cookie et Wolf. Et si on te sortait de l'océan, hein ?

— Je veux ma maman.

— Je sais, mon grand. Et tu vas la retrouver dans une minute. Est-ce que tu peux lever les bras pour qu'on t'aide à grimper ?

— Non ! Je ne veux pas lâcher Julie.

Julie détourna son attention de Patrick et de Cookie. Merde. Ce devait être Cookie, n'est-ce pas ? Manifestement, elle allait devoir lui faire face immédiatement. Elle n'avait pas le choix. Mais d'abord...

— Johnnie, c'est bon. Je ne te lâcherai pas avant que tu ne sois en sécurité dans le bateau. D'accord ? Tu as été très courageux jusque-là. Mais laisse Cookie et Hurt t'aider à présent. Oui ? Ce sont des soldats d'élite... la crème de la crème. Ils sont presque comme des superhéros. Ils ne vont rien laisser nous arriver.

— Promis ?

Julie sourit à l'enfant.

— Promis.

Malgré cela, Johnnie n'avait toujours pas envie

de lâcher ce qu'il savait manifestement être la seule chose qui lui permettait de rester en vie. Enfin, il leva juste assez les bras pour que Wolf lui attrape les deux poignets et le soulève sans problème hors de l'eau pour le mettre dans le bateau. Julie poussa un soupir de soulagement. Même si le garçon n'était pas terriblement lourd, elle était épuisée et la pression de savoir qu'il comptait sur elle pour rester en vie avait été lourde à porter. Elle leva les yeux vers Patrick.

— À ton tour, Julie. Lève les bras.

Elle battit des pieds dans l'eau et regarda le radeau d'un air dubitatif. C'était un radeau gonflable, le genre qu'elle avait vu dans des documentaires sur des entraînements pour soldats d'élite. Elle ne parviendrait pas à escalader les rebords sans qu'on l'aide. Elle désirait plus que tout sortir de cet océan, mais elle ne savait pas comment accomplir la chose.

— Euh, vous n'auriez pas une échelle, par hasard ?

Patrick lui sourit pour la première fois depuis son arrivée, comme s'il était un rayon de soleil lumineux qui transperçait le brouillard matinal.

— Non. Donne-moi ta main.

Julie soupira. Il souriait, mais ses mots étaient

immanquablement un ordre. En évitant de croiser le regard de Cookie, Julie leva une main vers Patrick. Il lui attrapa immédiatement le poignet si fort qu'elle sut qu'il ne la lâcherait pas. Il la tenait. Elle était sauvée.

— Donne ton autre main à Cookie. On va te soulever par-dessus le rebord. Pas de problème.

Julie regarda l'autre homme pour la première fois depuis que le bateau s'était arrêté près d'elle. Elle mordit sa lèvre craquelée. Bon sang. Il lui tendait la main.

Quand leurs regards se croisèrent, il dit simplement :

— C'est bon. Faites-moi confiance.

Merde ! Elle leva son autre main et sentit qu'elle aussi était prise dans une poigne de fer. Avant que Julie ne puisse se demander comment ils allaient la faire monter dans le radeau, elle y était ! Les deux hommes l'avaient soulevée comme si elle pesait deux kilos au lieu de cinquante. Puis elle se retrouva dans les bras de Patrick.

Ils l'avaient mise debout sur le radeau, mais ses genoux avaient immédiatement cédé. Elle se serait écroulée sans Patrick. Il l'avait prise dans ses bras et l'avait fait asseoir, la serrant toujours fort. Julie sentait que le bateau repartait, mais elle ne leva pas la tête. Elle était épuisée. Elle se disait qu'elle allait dormir pendant plusieurs jours d'affilée.

Sachant qu'elle devait agir avant de perdre son aplomb ou de s'évanouir, elle leva la tête pour chercher Cookie du regard. Elle vit qu'il pilotait le radeau, mais il regardait où il allait tout en s'interrompant parfois pour les regarder elle et son commandant.

— Merci, dit Julie en regardant Cookie dans les yeux. Merci d'être venu me chercher et d'avoir été patient avec moi. Je sais que j'ai été une connasse, et probablement le pire otage à secourir que vous ayez dû gérer. Je me suis comportée comme une grosse égoïste et je suis désolée. Vous ne me croyez probablement pas, mais j'essaye de devenir une meilleure personne. Je vous jure que je ne suis plus celle que vous avez rencontrée au Mexique.

— Je sais, et je vous en prie.

— Vous savez ? demanda Julie, surprise et confuse.

— Oui. Hurt n'aurait jamais supporté la mégère que j'ai rencontrée au Mexique. Et puisqu'il vous apprécie vraiment, je me suis dit que vous aviez dû vous servir de ce qui s'est passé pour faire un travail sur vous-même.

— Vous n'êtes pas en colère contre moi ? J'ai été

horrible. Et j'ai aussi appris que vous aviez épousé Fiona... je ne...

— Julie, arrêtez. Si Fi et vous allez devenir les meilleures amies du monde ? Non. Est-ce que vous allez sortir faire les boutiques ensemble ? Certainement pas. Mais j'ai compris que vous aviez connu beaucoup de stress quand vous étiez dans cet enfer. Traitez bien Hurt, et on sera bons amis. C'est compris ?

Julie acquiesça et enfonça à nouveau son visage contre le cou de Patrick.

— Je te traiterai bien, dit-elle à Patrick à voix basse. Mais je ne peux pas te promettre de ne plus jamais être une garce. Je crois que c'est génétique. C'est bien caché, mais c'est là.

— Je peux gérer ta génétique, ricana Patrick.

— D'accord. Patrick ?

— Oui, ma belle ?

— Merci de m'avoir retrouvée. J'ai eu tellement peur.

— Tu as bien agi, Julie. À part pour avoir plongé au milieu d'une lame de fond alors que je t'avais spécifiquement demandé de rester hors de l'eau. Il faudra qu'on en parle après.

Julie leva la tête et regarda Patrick. Elle parla doucement pour que Johnnie ne l'entende pas.

— Il n'aurait pas survécu. Les maîtres-nageurs étaient déjà dans l'eau et essayaient d'aider les autres. Il n'y avait personne d'autre pour aller le chercher.

Patrick ne réagit pas, mais il mit une main à l'arrière de sa tête et la colla à nouveau contre son cou. Il la tint contre lui durant tout le trajet de retour à la plage. Quand ils arrivèrent, Cookie tira le radeau aussi près du rivage que possible et Wolf porta le petit garçon hors du radeau. La mère était là et elle prit son enfant dans ses bras. Il éclata immédiatement en sanglots alors qu'il était de retour dans les bras chaleureux de sa mère.

— Où sont tes affaires ? demanda Patrick à Julie.

Elle leva la tête et tourna les yeux vers l'endroit où elle avait laissé ses affaires. Elle les aperçut entre le rebord du bateau et les gens rassemblés sur la plage surpeuplée.

— Par-là, près des trois agents de police.

Wolf se dirigea vers les hommes et Julie le vit rassembler ses affaires et retourner vers le bateau. Sans un mot, il grimpa à l'intérieur et Cookie poussa à nouveau le radeau dans l'eau. Les hommes dans les autres embarcations les suivirent. Ils avaient parlé aux maîtres-nageurs et à la police locale. C'était un miracle, mais tout le monde avait été retrouvé. Entre les sauveteurs et les forces spéciales, tout le monde était de retour sur le rivage, sain et sauf.

Ils retournèrent vers Coronado bien plus lentement que lorsqu'ils étaient venus. Patrick n'avait toujours pas bougé du fond du radeau, alors Julie non plus.

Le voyage du retour fut relativement silencieux jusqu'à ce que Wolf dise, soudainement et d'un ton quelque peu bizarre :

— Est-ce que Johnnie sait qui vous êtes, Julie ?

Elle leva la tête et regarda Wolf.

— Que voulez-vous dire ? Il sait que je m'appelle Julie, mais si vous me demandez si j'ai donné mon numéro de téléphone à un gamin de cinq ans pendant qu'on essayait de nager au milieu de l'océan, la réponse est non.

— Alors sa mère ne sera pas capable de vous retrouver pour vous remercier.

— Probablement pas, à moins qu'elle ne cherche vraiment. Mais qu'est-ce ça fait ? Je n'ai pas plongé dans l'océan pour obtenir des remerciements. Je l'ai fait pour sauver Johnnie. C'est lui qui comptait. C'est un gamin de cinq ans qui s'est laissé emporter par la curiosité. Il a commis une erreur. Il ne l'a pas fait exprès.

Julie était un peu contrariée que Wolf pense qu'elle puisse exiger des remerciements de la part de la mère de Johnnie, jusqu'à ce qu'elle voie le sourire sur son visage. Elle regarda Cookie qui pilotait, et il souriait lui aussi.

Elle se tourna vers Patrick, et vit alors également le plus grand sourire qu'il avait jamais affiché.

— Pourquoi diable souriez-vous comme ça ?

— Vous ne l'avez pas fait pour la gloire ; vous l'avez fait pour sauver une vie. Ça en a valu la peine ? demanda Cookie.

Julie comprit lentement.

— Oui, souffla-t-elle. Ça en a valu la peine.

— Alors, je vous en prie, Julie. Maintenant, vous comprenez que nous ne faisons pas notre travail pour les remerciements. Nous ne le faisons que parce que c'est nécessaire. Comme vous venez de le faire aujourd'hui.

Elle comprenait les paroles de Cookie, mais elle ne pouvait pas encore lâcher prise. Presque, mais pas encore.

— Mais parfois, la personne que vous avez sauvée a *besoin* de dire merci.

— Alors, dites-le afin qu'on en finisse et qu'on puisse tous passer à autre chose.

Julie sourit. Elle ne pouvait pas se mettre en colère.

— Alors, merci, Cookie. Et Wolf, merci de m'avoir tirée de cet enfer.

— Encore une fois, je vous en prie. On en a bien terminé, cette fois ? demanda Wolf avec une impatience feinte.

— On a fini.

— C'est bien.

— Détends-toi, ma belle, lui dit Patrick à l'oreille alors qu'il la serrait à nouveau contre lui. Tu as eu une journée difficile, laisse-moi m'occuper de toi.

— C'est faisable.

Elle sourit contre le cou de Patrick et le laissa soutenir son poids. C'était bon d'être dans ses bras. Elle était là où l'avait placée le destin, et c'était tellement bon de s'y retrouver.

CHAPITRE DOUZE

Julie essayait de ne pas paniquer. Le pique-nique professionnel avait été reporté. Patrick ne souhaitait absolument pas mettre les gens sous son commandement en danger. La lame de fond avait disparu, mais personne ne voulait courir le risque d'en rencontrer une autre alors que leurs familles profitaient d'une journée à la plage.

Une fois que les radeaux étaient revenus à la zone d'entraînement à Coronado, Patrick l'avait aidée à regagner son bureau, l'avait fait asseoir sur une chaise et lui avait dit qu'il serait de retour dans deux minutes pour la ramener chez elle. Il avait été fidèle à sa parole. Il était revenu et, sans mot dire, il l'avait prise dans ses bras, même si elle avait soutenu qu'elle pouvait marcher, et il l'avait ramenée chez lui.

Elle s'était douchée et avait enfilé un jogging à lui qui était immense pour elle, ainsi qu'un T-shirt avec les mots *Forces Spéciales*. Patrick lui avait fait boire une bouteille d'eau entière pour qu'elle récupère un peu des fluides qu'elle avait perdus dans l'océan, et ils avaient tous les deux grimpé dans son lit même s'il n'était que dix-sept heures.

Julie soupira, se souvenant de la sensation de sécurité qu'elle avait ressentie dans les bras de Patrick, sous ses couvertures, à porter ses vêtements, blottie bien au chaud. Elle s'était endormie et ne s'était réveillée que le lendemain matin quand Patrick l'avait embrassée sur le front avant de sortir du lit.

Apparemment, sa conversation dans le bateau avec Cookie et Wolf lui avait indiqué qu'elle était prête à parler au reste de l'équipe... et à Fiona. Il l'avait informée, après une autre douche et pendant qu'ils mangeaient des yaourts et des bagels pour le petit-déjeuner, qu'il avait organisé une rencontre avec l'équipe ce matin-là.

Julie avait tenté de protester, mais Patrick l'avait arrêtée en lui posant deux questions :

— Tu veux être avec moi ? Pour voir jusqu'où peut aller cette relation ?

Elle avait immédiatement répondu oui.

— Alors on doit y être à dix heures. Les gars nous y retrouveront et Fiona sera là à dix heures trente.

Alors il fallait partir immédiatement. Julie était assise sur une chaise étonnamment confortable dans une grande salle de réunion dans le bâtiment de Patrick. Le fauteuil en cuir crissa légèrement quand elle changea nerveusement de position en essayant de ne pas paniquer et de s'enfuir de la pièce en criant. Mais elle voulait le faire. Vraiment. Après tout, c'était la raison pour laquelle elle avait contacté Stacey et Diesel, la raison pour laquelle elle avait recherché les forces spéciales. Elle voulait tourner la page.

Patrick était assis à côté d'elle, remarquablement beau dans son uniforme de combat. Julie n'avait pas vraiment eu le temps de l'apprécier la veille au beau milieu de son sauvetage. Il était là pour la soutenir, pour s'assurer que ses hommes ne diraient ou ne feraient rien qui puisse lui faire davantage de mal. Il lui avait assuré que cela n'arriverait pas, mais il était quand même là pour elle.

La porte s'ouvrit et Julie vit Cookie, Wolf et

quatre autres hommes entrer. Quatre d'entre eux prirent place sur quelques chaises, alors que Cookie et un autre homme restaient debout, s'appuyant contre l'un des murs.

Julie ne tourna pas autour du pot. Elle se lança directement, décidant que faire durer les choses n'était pas la meilleure façon de procéder pour son psychisme ou son cœur qui battait à cent à l'heure.

— Merci d'être venus au Mexique pour me secourir. Je sais que vous l'avez fait à cause de mon père, mais j'apprécie quand même. J'ai déjà eu cette conversation avec Cookie et Wolf et je me rends compte que vous n'avez probablement pas besoin ni envie de mes remerciements, mais vous les avez quand même. Je sais que c'était votre travail, que vous l'avez déjà fait et que vous le referiez probablement. Mais je veux que vous sachiez que même si j'ai eu l'air blasée et me suis comportée comme une enfant égoïste, j'apprécie plus que vous ne l'imaginez.

Julie se tourna alors vers Cookie.

— Et je vous l'ai dit hier, mais je vais le redire aujourd'hui devant vos coéquipiers. Je suis désolée de m'être comportée comme ça. J'avais peur et je souffrais. Ce n'est pas une excuse, parce que je sais que Fiona aussi et elle ne s'est pas comportée comme moi. Ce qui me fait le plus honte est d'avoir essayé de vous forcer à quitter cette stupide hutte sans vous dire qu'il y avait quelqu'un d'autre.

Julie baissa les yeux vers ses mains qu'elle serrait sur ses genoux sous la table. Elle enfonça ses ongles dans ses paumes, essayant d'invoquer le courage de dire ce qu'elle avait besoin de dire. Patrick posa ses mains sur les siennes et les pressa, voulant lui communiquer qu'il était là pour elle.

Elle leva la tête pour regarder Cookie dans les yeux.

— Ça ne change rien à ce qui s'est passé ou à ce que j'ai pu dire ou faire, mais j'essaye d'être une meilleure personne.

Cookie abrégea ses souffrances :

— Comme je vous l'ai dit hier, Julie, je vous en prie. Je ne vais pas vous mentir. Vous n'étiez pas la personne la plus agréable pour une virée dans la jungle, et j'ai eu du mal à vous pardonner de m'avoir quasiment laissé abandonner Fiona là-bas. Mais elle n'a pas été abandonnée. Elle est là, et elle va super bien. Je n'ai pas besoin ni de vos remerciements ni de vos excuses, mais je les apprécie quand même.

Julie, soulagée, s'affaissa sur son siège. Une fois encore, même s'ils avaient déjà eu une conversation de ce genre la veille, qu'il accepte ses excuses et ses remerciements devant ses camarades rendait les choses quelque peu différentes. Plus officielles. Elle le salua du menton, reconnaissante.

L'autre homme appuyé contre le mur s'exprima aussi :

— Je suis Dude et vous avez raison, Julie. Les remerciements ne sont pas nécessaires, mais pour être honnête, c'est bien d'en recevoir de temps à autre.

Il se rendit vers l'endroit où elle était assise et lui tendit la main. Julie la lui serra et fut surprise quand il la tira de sa chaise et la prit dans ses bras pour la serrer fort.

— Je suis content que vous ayez changé de vie.

Les autres hommes présents vinrent aussi la prendre dans leurs bras, acceptant tour à tour ses remerciements chacun à sa façon. Après quoi, ils sortirent de la pièce l'un après l'autre. Enfin, ce fut le tour de Cookie. Il lui mit les mains sur les épaules et la regarda dans les yeux.

— Prête ?

Julie savait ce qu'il voulait dire. Elle hocha la tête.

Il se dirigea vers la porte et regarda à l'extérieur pour faire signe à quelqu'un. Fiona se fit voir et Julie vit Cookie lui prendre la main et la tenir alors qu'elle entrait dans la pièce. Cookie referma la porte derrière eux.

Une fois encore, sachant qu'elle devait se lancer sans attendre, Julie s'excusa immédiatement :

— Je suis désolée de m'être comportée comme une garce, Fiona. Tu m'as aidée tout le temps, là-bas. Tu étais polie et même si tu souffrais, tu as quand même essayé de me réconforter. Mais je t'ai repoussée et je me suis moquée de toi quand tu comptais et j'ai même été possessive pour la nourriture. J'ai joué sur tes insécurités quant au fait que ce n'était pas toi qu'on était venus secourir. C'était inexcusable et tu n'as pas idée à quel point je suis désolée.

Les paroles de Julie étaient précipitées, comme si elle pensait que Fiona allait l'interrompre avant qu'elle ne puisse dire quoi que ce soit.

— Excuses acceptées, répondit Fiona du tac au tac.

Les yeux de Julie se remplirent de larmes et elle se mordit la lèvre, essayant de se contrôler. Elle pouvait sentir la main de Patrick sur son dos, qui la caressait et la rassurait.

Fiona poursuivit :

— Je ne m'attendais pas à te voir à ton magasin. J'étais choquée et je n'ai pas su quoi penser ou ressentir. Je crois que *je* te dois des excuses pour la façon dont mes copines ont géré la situation.

Julie voulut l'interrompre, mais Fiona leva la main.

— Laisse-moi terminer. Pour la défense de Caroline et d'Alabama, j'ai eu un flash-back quand je suis rentrée du Mexique, et je me suis enfuie. J'ai cru que j'étais retournée là-bas et que des hommes me pourchassaient. Personne ne savait où j'étais et j'ai complètement fait flipper mes amis. Je sais qu'elles ont cru que le fait de te revoir allait provoquer un autre flash-back, et elles voulaient simplement s'assurer que j'allais bien. Ce n'était pas vraiment à cause de toi, Julie.

Celle-ci secoua tristement la tête.

— Mais elles sont au courant pour moi.

Fiona hocha lentement la tête.

— Oui. Je leur ai un peu parlé de ce qui s'était passé là-bas. C'est ce que font les amies.

Cette fois, c'est Julie qui acquiesça.

— Je sais. Je m'excuserai aussi auprès d'elle. Je m'excuserai auprès de qui tu voudras, Fiona. Je t'admire tellement. Tu as survécu à tellement plus de choses que moi. Je n'aurais pas été capable de le faire.

— Si, bien sûr. J'étais exactement comme toi,

Julie. Exactement comme toi. Au début, j'étais disposée à faire tout ce qu'ils me disaient pour qu'ils cessent de me faire du mal et me laissent partir. Mais j'ai lentement réalisé qu'ils n'allaient pas le faire, alors j'ai commencé à les combattre. Tu aurais atteint ce point aussi. Je le sais. Regarde-toi maintenant. Tu as une volonté de fer. Tu n'as pas seulement affronté Hunter et les autres gars, mais moi aussi.

Les deux femmes se sourirent. Julie savait qu'elles ne seraient jamais meilleures amies, mais peut-être, juste peut-être, finiraient-elles par être assez à l'aise pour que le fait de se croiser ne ravive pas de vieilles blessures douloureuses.

— Est-ce que tu es d'accord pour que je revienne vite dans ton magasin ? Je n'ai pas eu le temps de voir toutes les choses géniales que tu as, et Caroline n'avait pas cessé de me dire à quel point tout était super après sa première visite.

— Bien sûr. Tu peux venir quand tu veux et je serai là. Préviens-moi simplement, même si c'est après la fermeture.

— Et tu donnes vraiment des vêtements à des foyers et à des adolescentes qui ont besoin d'une robe pour un bal et n'en ont pas les moyens ? demanda Fiona, l'air vraiment impressionné.

Julie hocha la tête.

— Oui. J'adore voir la tête qu'elles font quand elles sortent de la cabine dans une robe de Vera Wang ou de Gucci et se sentent manifestement fabuleuses.

— Je crois que tu as parcouru beaucoup de chemin par rapport à cette garce que j'ai rencontrée dans la jungle.

Julie éclata de rire, pas vexée le moins du monde.

— J'espère vraiment. Je fais de mon mieux.

— Et tu réussis.

— Merci de m'avoir donné l'opportunité de m'excuser, Fiona. Sérieusement.

— Je t'en prie.

— On se voit demain, Hurt ? demanda Cookie en serrant la main de son commandant.

— 4 heures pour les exercices, confirma Patrick.

Cookie hocha la tête et Fiona quitta la pièce.

Julie se sentit tirée en arrière dans les bras de Patrick. Il l'étreignit par-derrière et la tint blottie contre sa poitrine.

— Tu vas bien ?

— Oui. C'était...

Elle ne termina pas sa phrase, ignorant quel mot elle recherchait.

— Cathartique ?

C'était un mot parfait pour exprimer ce qu'elle

ressentait. Elle agita la tête et blottit sa joue contre l'épaule de Patrick.

— Merci d'avoir organisé tout ça pour moi.

— De rien. C'est la raison pour laquelle Tex t'avait donné mes coordonnées, après tout.

Julie éclata de rire.

— Ça arrive simplement quelques mois plus tard qu'il ne l'avait envisagé.

— C'est vrai. Tu es prête ?

— Oui. J'ai encore quelques petites choses à faire au magasin. Cela fait trop longtemps que je le néglige. Les gens qui travaillent avec moi sont efficaces, mais ils détestent faire de la vente. Mon père les a engagés parce qu'ils sont doués pour le marketing et la comptabilité. J'ai besoin d'organiser un rendez-vous avec la directrice d'une clinique pour femmes et vérifier les prochains entretiens et voir ce que je peux faire pour apporter mon assistance.

— Au cas où je ne te l'aurais pas déjà dit, tu es géniale.

Julie se tourna dans l'étreinte de Patrick, heureuse de sentir ses bras autour d'elle, et elle leva la tête.

— C'est tellement bon d'aider les gens, au lieu de les rabaisser ou de me moquer d'eux pour ce qu'ils n'ont pas. C'est ce que je faisais par le passé et j'en ai honte.

Au lieu de répondre à ses paroles, Patrick dit :

— Tu viens ce soir, n'est-ce pas ?

Se disant que ce changement de sujet était quelque peu bizarre, elle répondit tout de même par l'affirmative.

— C'est bien. J'ai aimé te tenir dans mes bras, la nuit dernière. Mais je pense qu'il est temps de faire évoluer notre relation d'un cran… si tu es prête.

Julie savait exactement de quoi parlait Patrick. Elle lui sourit.

— Je suis vraiment prête, et ça me plairait.

— J'ai un entretien à seize heures aujourd'hui, mais je suis libre après. Quand peux-tu venir ?

— Tu as hâte, n'est-ce pas ? le taquina Julie.

— Absolument. Tu n'as pas idée de ce qui t'attend ce soir, ma belle. J'ai rêvé de ton corps sous le mien. J'ai pensé aux bruits que tu ferais quand tu jouirais pour moi. J'ai pensé à tout. J'ai hâte. Et comme tu m'as entendu le dire à Cookie, j'ai entraînement demain matin, alors il faut que tu viennes chez moi le plus vite possible. Je ne pense pas qu'on va beaucoup dormir cette nuit.

Julie savait qu'elle affichait un sourire stupide, mais elle ne pouvait pas s'en empêcher.

— Je m'assurerai d'être là à dix-sept heures. C'est bon pour toi ?

— Parfaitement. Et même si j'ai vraiment envie de t'embrasser tout de suite, ce n'est pas vraiment approprié pour le commandant d'une unité de soldats d'élite de rouler des pelles au travail. Alors pour le bien de ma réputation professionnelle, file. On se retrouve ce soir.

Julie hocha la tête et recula à contrecœur.

— Merci d'être toi-même, Patrick.

Il agita la tête.

— Vas-y. Prends soin de toi.

Julie lui sourit et marcha vers la porte à reculons, ne se tournant que lorsqu'elle fut sortie et qu'il ne pouvait plus la voir. Elle conserva un sourire béat sur le visage pendant la majeure partie de la journée.

CHAPITRE TREIZE

Le dîner avait été délicieux. Les assiettes étaient dans le lave-vaisselle et Julie se séchait les mains sur le chiffon accroché à la poignée du réfrigérateur. Elle s'était tournée pour demander à Patrick ce qu'elle pouvait faire d'autre quand elle s'était retrouvée soulevée dans les airs. Elle poussa un cri et s'accrocha aux épaules de Patrick alors qu'il la faisait tourner et l'asseyait sur la table sur laquelle ils avaient fini de manger leur repas moins de dix minutes auparavant.

— Patrick, qu'est-ce que...

Ses paroles moururent quand il posa la bouche sur la sienne et que sa langue se glissa à l'intérieur, lui faisant perdre le fil de sa phrase. Elle replia les jambes autour de ses hanches et posa les mains sur ses épaules alors qu'elle se préparait à ce qu'il allait lui faire.

Patrick ne pouvait plus attendre. Il s'était contrôlé pendant qu'il avait mangé et discuté avant le repas. Mais la regarder manger et rire, et généralement être la personne fantastique qu'elle était, l'avait fait basculer.

Et quand il avait vu Julie dans la cuisine, prenant la peine de l'aider à nettoyer le désordre qu'il avait fait en préparant leurs lasagnes, une digue s'était rompue à l'intérieur de lui.

Il avait besoin d'elle. Tout de suite.

Il fit courir les mains sur ses côtes, s'émerveillant à nouveau de son apparente délicatesse. Elle était minuscule comparée à lui, mais sa personnalité compensait sa petite stature. C'était comme si elle avait été faite pour être dans ses bras. Patrick leva la tête pour la regarder dans les yeux.

— Tu es prête pour ça ? Pour moi ?

Il voulait qu'elle soit sûre à cent pour cent. Il savait ce qu'elle avait traversé et il en avait discuté une fois. Elle l'avait rassuré en lui disant qu'elle n'avait aucun blocage pour le sexe, mais il avait besoin d'en être certain. La dernière chose qu'il aurait voulue était de la traumatiser plus qu'elle ne l'avait déjà été.

— Prends-moi, Patrick. J'ai envie de toi.

C'est tout ce qu'il avait besoin d'entendre. Ses mains descendirent vers le bas de la chemise qu'elle portait. Elle avait des boutons sur le devant, mais les ouvrir aurait pris trop de temps. Il la tira vers le haut et Julie leva les bras pour l'aider alors qu'il la faisait passer par-dessus sa tête. Patrick la jeta par-dessus son épaule sans regarder. Il avait déjà posé sa bouche sur ses seins, et il avait hâte de les sucer à nouveau. Mais pour l'instant, il avait besoin de quelque chose de plus. Il avait besoin d'être en elle.

Ses mains se posèrent sur le bouton de son pantalon, mais celles de Julie s'y trouvaient déjà.

— Je m'en occupe. Ouvre le tien.

Elle s'exprimait d'une voix essoufflée et urgente.

Cette idée plut à Patrick. Il tira son portefeuille de sa poche et en tira rapidement une capote. Il l'y avait placée plus tôt, pour la trouver facilement. Tenant l'emballage entre ses dents, il défit rapidement le bouton de son jean et baissa la fermeture, sans détacher les yeux des doigts de Julie pendant qu'elle faisait la même chose avec son propre pantalon.

Patrick déroula rapidement le préservatif sur son érection et aida Julie à sortir une jambe de son jean et de sa culotte. Il ne lui donna pas l'occasion de les retirer complètement et posa sa main sur sa vulve et soupira en la découvrant lubrifiée. Il posa son autre main sur son ventre, médusé de voir que sa main tout entière faisait presque la taille de son bassin.

— Seigneur, tu es toute petite, dit-il, s'inquiétant pour la première fois de leur différence de taille.

— Tu n'es pas trop grand, Patrick, le rassura Julie, mettant les mains au-dessus de sa tête et arquant le dos.

Sa pose sulfureuse le fit grogner. Il la tint immobile tandis que ses doigts la caressaient puis il taquina son clitoris et sa fente humide, refusant de lui donner ce qu'elle demandait si avidement.

— Pendant qu'on mangeait ce soir, je ne pensais qu'à t'allonger sur cette table et te baiser si fort que tu me sentirais encore pendant plusieurs journées.

— Alors qu'est-ce que tu attends ? Fais-le ! lui ordonna Julie, exaspérée.

— Parce qu'à présent que je t'ai là où j'ai rêvé de t'avoir, j'ai décidé d'aller doucement, de prendre mon temps. Je me rends compte que je devrais te porter jusque dans ma chambre et te prendre sur mon lit. C'est ce que tu mérites, et plus encore. Mais si je dois attendre une seconde de plus avant de te posséder, je ne sais pas ce que je vais faire.

— Baise-moi, Patrick, gémit Julie. Je t'en prie,

pour l'amour de Dieu, arrête de m'allumer et prends-moi.

Avant que le dernier mot ne soit sorti de sa bouche, Patrick avait posé une main près de sa hanche sur la table et de l'autre, il avait guidé vers elle son sexe protégé d'une capote.

Ils gémirent tous les deux quand il la pénétra pour la première fois.

— Oh, Seigneur, Julie. Tu es tellement chaude et mouillée.

— Plus, donne-m'en plus !

Patrick se retira puis rentra un peu plus loin qu'il l'avait fait avant.

— Lentement, Julie. Je veux y aller lentement. Je ne veux pas te faire mal, mais je veux aussi en profiter.

Il lui mit une main derrière le cou pour s'assurer qu'elle le regarde. Elle lui attrapa alors la taille des deux mains et gémit passionnément sous lui, levant les yeux vers lui et respirant fort.

Il se retira et rentra à nouveau un peu plus loin avant de s'immobiliser.

— Je t'aime, Julie Lytle. Je veux être le seul homme que tu laisses te pénétrer pendant le reste de ta vie. Je veux te protéger de tous ceux qui essaye-raient de te faire du mal, et être là quand tu auras besoin de moi. Je veux te baiser sur ma table, sur le sofa, sur le comptoir, dans ma douche et dans mon lit. Je ne pense pas que j'en aurai assez de toi.

Sans lui donner le temps de réagir, Patrick la pénétra totalement. Il ondula des hanches contre elle, aimant la sentir immédiatement lever les jambes et les refermer autour de lui, ses actions lui montrant plus que tout ce qu'elle pourrait dire qu'elle avait dépassé ce qui lui était arrivé plusieurs mois en arrière. Il sentait que son jean pendait d'une de ses jambes et que son propre pantalon était descendu sur ses fesses. Il n'avait même pas pris le temps de retirer sa chemise.

Mais alors qu'ils étaient tous les deux encore à moitié habillés, Patrick ne s'était jamais senti aussi nu de toute sa vie alors qu'il attendait de voir comment Julie allait réagir à ses paroles.

— Oui, Patrick, je t'aime aussi. Je ne sais pas comment j'ai eu la chance d'être ici avec toi, avec tout ce que j'ai fait et la personne que j'étais par le passé, mais je vais me battre à fond pour conserver ce que j'ai. Pour te garder *toi*.

Patrick grogna, se retira et la pénétra à nouveau, fort. Il plaqua les mains sur la table de part et d'autre de Julie, restant en équilibre au-dessus d'elle. Il avait eu envie que cela reste doux et léger et de les amener doucement à l'orgasme, mais manifestement, cela n'allait pas arriver. Oh, l'orgasme allait se produire, mais au lieu d'être doux et aimant, cela allait être dur et explosif. Patrick sentait déjà les signes avant-coureurs s'abattre sur lui.

Il se redressa abruptement, se tenant aux hanches de Julie et l'attirant contre lui, l'inclinant pour que ses hanches soient inclinées vers le haut afin de recevoir son sexe alors que son dos était toujours sur la table. Il lui donna un puissant coup de reins, puis un autre.

— Oh, oui, c'est génial, gémit Julie en s'accrochant des deux mains aux côtés de la petite table carrée, s'y appuyant contre ses coups de boutoir. Encore, refais-le, Patrick.

Patrick remua une main pour que son pouce appuie sur son clitoris alors qu'il entrait et sortait de son corps gracile. Il sentit son corps se serrer davantage autour d'elle alors qu'il se retirait, comme si elle ne voulait pas le laisser partir. Puis il retraversa ses muscles tremblants pour retourner au paradis.

Il avait connu de nombreuses expériences sexuelles, mais il ne se souvenait pas d'une liaison comme celle-ci. Il fit aller et venir son pouce de plus en plus vite sur sa petite boule de nerfs.

— Allez, ma belle. Je veux te voir exploser pour moi. C'est ça... voilà. Oh, oui.

Patrick vit le dos de Julie se cambrer sur la table, un gémissement lui sortant des lèvres alors qu'elle se tendait entre ses mains. Elle ondula des hanches contre lui le temps que son orgasme passe sur elle. Il sentit ses muscles se contracter autour de sa verge ainsi qu'une moiteur se déverser sur ses testicules alors qu'elle se contorsionnait dans les affres de l'extase.

Il attendit qu'elle s'écarte de son pouce qu'il avait gardé sur son clitoris afin de prolonger son orgasme. Elle avait atteint le point où ce n'était plus agréable, car son clitoris était devenu trop sensible. Patrick mit les deux mains sur la table et se pencha au-dessus d'elle.

— C'était magnifique. Absolument magnifique. Accroche-toi à moi. Regarde-moi quand tu me fais basculer.

Patrick sentit Julie glisser les deux mains sous sa chemise et s'accrocher à ses hanches.

— Je vais te prendre fort. Tu es prête ?

— Oh oui, vas-y. Baise-moi, Patrick.

C'était comme si ses paroles avaient éveillé quelque chose en lui. Il ne put se retenir plus longtemps. Il baissa les yeux et regarda sa verge disparaître dans le corps de Julie, puis réapparaître, puis disparaître à nouveau alors qu'il s'enfonçait dans son corps bouillant.

— Je viens... oh, mon Dieu, Julie !

Patrick donna encore deux coups de reins puissants et resta profondément enfoncé en elle alors qu'il jouissait. Il ne voyait et ne sentait plus que le corps de Julie sous lui alors qu'il se déversait au plus profond d'elle.

Il reprit ses esprits et ouvrit les yeux, inconscient de les avoir fermés, et il vit que Julie lui souriait. Elle faisait courir ses mains sur ses côtes d'un geste apaisant, attendant patiemment qu'il revienne à lui.

— Seigneur Dieu ! murmura-t-il avec révérence.

— Tu ne crois pas si bien dire, le taquina Julie.

Patrick se pencha et saisit Julie en lui passant une main autour de la taille et l'autre derrière le dos. Elle poussa un glapissement de surprise quand il la souleva à nouveau sans le moindre effort.

— Accroche-toi.

Elle lui obéit et Patrick traversa la maison à pas traînants pour aller regagner la chambre, essayant de ne pas se prendre les pieds dans son pantalon qui était descendu sur ses genoux. Il entendit Julie pouffer quand il manqua trébucher. Il parvint enfin à sa chambre et s'arrêta près du lit.

— Déplie les jambes, ma belle.

— Je ne veux pas te perdre.

Ses mots lui réchauffèrent le cœur.

— Malheureusement, même si j'en ai envie, je ne peux pas passer le reste de nos vies avec mon sexe en toi... même si c'est bon. Il faut que je m'occupe de la capote puis on va bien finir par se déshabiller. Je te promets, Julie, que dès que j'aurai récupéré, on recommencera. Mais en attendant, j'ai le temps d'apprendre les moindres centimètres de ton corps, de te goûter, de te lécher, de te faire mienne.

— Je *suis* à toi, Patrick. Tant que tu voudras bien de moi.

— Alors c'est bien, parce que j'ai envie de toi pour toujours.

Elle détendit sa prise sur ses hanches et il se retira, lui laissant poser les jambes à terre.

— Déshabille-toi.

En quelques minutes, il s'était occupé de la capote usagée, avait retiré ses vêtements et rejoint Julie dans son lit, nus tous les deux.

— Je suis désolé que notre première fois n'ait pas été romantique, s'excusa-t-il profusément. Je voulais qu'elle le soit, mais comme je te l'ai dit tout à l'heure...

Julie l'interrompit :

— C'était parfait. Ça m'a vraiment plu que tu me désires tellement que tu sois incapable d'attendre.

— C'est une bonne chose. J'ai la sensation que ça va se reproduire souvent.

Julie se contenta de lui sourire en disant :

— Cela dit... à propos de ces autres choses que tu as dit vouloir faire... tu ferais mieux de t'y mettre... Sans quoi la nuit sera très courte pour toi.

Patrick fit semblant de se mettre au garde-à-vous et descendit le long de son corps pour s'installer entre ses jambes.

— Très bien, madame. Tout ce que vous voulez.

Ne ratez pas le prochain tome de la série Forces Très Spéciales : Un Protecteur pour Melody!

Autres livres de Susan Stoker

Forces Très Spéciales Series

Un Protecteur Pour Caroline

Un Protecteur Pour Alabama

Un Protecteur Pour Fiona

Un Mari Pour Caroline

Un Protecteur Pour Summer

Un Protecteur Pour Cheyenne

Un Protecteur Pour Jessyka

Un Protecteur Pour Julie

Un Protecteur Pour Melody

Un Protecteur Pour the Future

Un Protecteur Pour Les Enfants de Alabama

Un Protecteur Pour Kiera

Un Protecteur Pour Dakota

Delta Force Heroes Series

Un héros pour Rayne

Un héros pour Emily

Un héros pour Harley

Un mari pour Emily

Un héros pour Kassie

Un héros pour Bryn

Un héros pour Casey

Un héros pour Wendy

Un héros pour Mary

Un héros pour Macie

Un héros pour Sadie

<u>Mercenaires Rebelles</u>

Un Défenseur pour Allye

Un Défenseur pour Chloé

Un Défenseur pour Morgan

Un Défenseur pour Harlow

Un Défenseur pour Everly

Un Défenseur pour Zara

Un Défenseur pour Raven

<u>Ace Sécurité</u>

<u>**Delta Team Two Series**</u>

Shielding Gillian

Shielding Kinley

Shielding Aspen (Oct 2020)

Shielding Riley (Jan 2021)

Shielding Devyn (May 2021)

Shielding Ember (Sept 2021)

Shielding Sierra (TBA)

<u>**SEAL of Protection: Legacy Series**</u>

Securing Caite

Securing Brenae (novella)

Securing Sidney

Securing Piper

Securing Zoey

Securing Avery

Securing Kalee (Sept 2020)

Securing Jane (Feb 2021)

<u>**SEAL Team Hawaii Series**</u>

Finding Elodie (Apr 2021)

Finding Lexie (Aug 2021)

Finding Kenna (Oct 2021)

Finding Monica (TBA)

Finding Carly (TBA)

Finding Ashlyn (TBA)

Finding Jodelle (TBA)

Ace Security Series

Claiming Grace

Claiming Alexis

Claiming Bailey

Claiming Felicity

Claiming Sarah

Mountain Mercenaries Series

Defending Allye

Defending Chloe

Defending Morgan

Defending Harlow

Defending Everly

Defending Zara

Defending Raven

Silverstone Series

Trusting Skylar (Dec 2020)

Trusting Taylor (Mar 2021)

Trusting Molly (July 2021)

Trusting Cassidy (Dec 2021)

SEAL of Protection Series

Protecting Caroline

Protecting Alabama

Protecting Fiona

Marrying Caroline (novella)

Protecting Summer

Protecting Cheyenne

Protecting Jessyka

Protecting Julie (novella)

Protecting Melody

Protecting the Future

Protecting Kiera (novella)

Protecting Alabama's Kids (novella)

Protecting Dakota

Badge of Honor: Texas Heroes Series

Justice for Mackenzie

À PROPOS DE L'AUTEUR

Susan Stoker est une auteure de best-sellers aux classements du New York Times, de USA Today et du Wall Street Journal. Elle a notamment écrit les séries Badge of Honor: Texas Heroes, SEAL of Protection et Delta Force Heroes. Mariée à un sous-officier de l'armée américaine à la retraite, Susan a vécu dans tous les États-Unis, du Missouri jusqu'en Californie en passant par le Colorado, et elle habite actuellement sous le vaste ciel du Tennessee. Fervente adepte des fins heureuses, Susan aime écrire des romans où les sentiments laissent place au grand amour.

http://www.StokerAces.com

facebook.com/authorsusanstoker

twitter.com/Susan_Stoker

instagram.com/authorsusanstoker

goodreads.com/SusanStoker

www.ingramcontent.com/pod-product-compliance
Lightning Source LLC
Chambersburg PA
CBHW070542100726
47907CB00004B/1229